思无邪

宋亚平 | 著

天津出版传媒集团
百花文艺出版社

图书在版编目（CIP）数据

思无邪 / 宋亚平著 . —天津：百花文艺出版社，2023.4

ISBN 978 - 7 - 5306 - 8302 - 6

Ⅰ.①思… Ⅱ.①宋… Ⅲ.①小说集—中国—当代 Ⅳ.①I247.5

中国版本图书馆 CIP 数据核字（2022）第 236771 号

思无邪

SI WUXIE

宋亚平　著

出 版 人：薛印胜

选题策划：胡晓童　**责任编辑：**李　信

装帧设计：中联华文

出版发行：百花文艺出版社

地址：天津市和平区西康路 35 号　**邮编：**300051

电话传真：+86-22-23332651（发行部）

+86-22-23332656（总编室）

+86-22-23332478（邮购部）

网址：http://www.baihuawenyi.com

印刷：三河市华东印刷有限公司

开本：710 毫米×1000 毫米　1/16

字数：143 千字

印张：12.25

版次：2023 年 4 月第 1 版

印次：2023 年 4 月第 1 次印刷

定价：58.00 元

如有印装质量问题，请与三河市华东印刷有限公司联系调换

地址：河北省三河市汇福路 68 号

电话：0316-3313228　邮编：065200

序：文学之路寂寞又不寂寞

马步升

说起文学之路，习惯性的说法是：文学是一条寂寞之路。说这话的意思，并不是执意要判定文学之路必须是一条先天的寂寞之路，而是激励正在艰难跋涉于文学之路的人要甘于寂寞，不要两耳只想听掌声，双手只想捧鲜花，心浮意躁间，那种蓄积于心田的澎湃之气早已消散，那种本来看得见文学之神的目光早已混沌。确实，文学是一种既要看重天赋，更要比拼耐心耐力的活动，怨不得，又急不得。

在文学之路上，当你走过一段旅程后，前后左右看看，恍然惊觉，那些一同出发，但中途离开者，未必没有你有才华，缺少的只是你的耐心耐力。而反观自己，多少次被堵在一道道坎儿下，多少次也都生了就此别过之心，终究还是提起一口口真气，迈过一道道坎儿，走到了现在。在这个过程中的寂寞、无助、迷茫，乃至失望绝望，种种郁闷，也只能留给自己在长夜孤灯下独自消化，不足为外人道也。

文学之路真的不好走，可是，话说回来，人世间哪条路又是好走的。不走这条不好走的路，必然要走别的不好走的路，人生在世，总是要走一条路的啊。

相比较而言，文学之路还算是一条好走的路。怎么说呢，这是一条相对可以自控的路。别的路，极尽心力也未必会有收获，因为很多事情是不由自主的。而文学之路，只要尽心尽力了，一定会有收获，只是收获多少而已。另外，文学之路是一条可以实现个体自洽的路。有钱难买我愿意，当进入自洽状态后，完全可以无视现实世界中的利益得失，阅读时，书籍就是自己不离不弃的精神伴侣；书写时，人生万物可以凭着自己手中的一支笔任意安排。起承转合，恩爱情仇，一个人，一支笔，一种自己理想的天地人生，于是一一生成。如是一来，时时都有大欢喜，处处都是大天地，又何言寂寞。

这就是文学之路的寂寞和不寂寞。

又有人时常说，哪里哪里是文学的沃土，哪里哪里又是文学的沙漠。看似言之凿凿，理之昭昭，实则都是经不起任何逻辑推敲的简单判断。本是膏腴之地，无人耕种，很快会成为撂荒地，而沙漠变绿洲也是经常的故事。话说到平凉文学，几千年的文明史，饱学才子随手就能扒拉出好多位，算不算文学沃土呢，当然算，标准的米粮川。可是，又经常会出现不算短暂的文学荒芜期，这个时段，算不算文学的盐碱地呢，当然也不能假装看不见。

庄稼长势如何，要看庄稼人是如何对待土地的。

客观说，平凉自古以来，学术名家、诗文名家，并不匮乏，唯小说尚嫌薄弱。而近几年，小说有了新气象，先有马宇龙，随即李新立、宋亚平、曹鹏伟、田华、尚元诸人，紧随其后，而且，以他们的锦心绣手，创作出一个又一个华章佳制，渐成群体，渐成阵势，荦荦然，成为一种地方文学现象。

《猫先生》《陌生人》《思无邪》《蓝鼻子》《打花匠》五部小说集摆在案头已经时日不短了，时常抽空翻阅，风格各异，所选内容却都是省刊发表过的，这个门槛立得好。我对他们几位都很熟悉，想说的话很多。熟人评说熟人作品，免不了戴着一副熟人面具，作品是写给大众看的，还是留给读者去说为好。总之，要真正写出好小说是很难的，而他们的小说都写得很好，各有各的好。

是为序。

壬寅良月于兰州

（马步升，甘肃省作家协会第六届主席团主席，甘肃省社会科学院文化研究所所长、研究员。多次担任茅盾文学奖、鲁迅文学奖、骏马奖等国内重要文学奖评委）

目 录
CONTENTS

崔老板

崔老板坐在门口的凳子上，懒洋洋地，手上夹着一支烟，旁边的地上，放着一个透亮的大号玻璃杯，夜市上喝生啤的那种。里面的茶叶完全泡开了，叶子很大，茶汁绿中带黄，很是鲜亮。

崔老板笑着和过往的熟人打招呼，吃了没？干啥去呀？这些天没再见你，好着吗？最常说的就这几句话。和他打招呼的人也会停下来，像交换一样，彼此递给对方一根烟，说几句话，离去。那会儿，两人都笑笑地，很是亲切友好。遇上少数爱笑骂的，还互相骂上几句，会感到更亲切。

崔老板的门店是饭馆，不大，三间房子，除去三分之一不到的操作间，营业面积仅有四十多平方米，以卖面食为主，经营十来种炒菜。最近，崔老板准备把后院的杂物清理一下，把那个矮得像茅厕一样的小房子拆掉，重新盖几间房，搞两三个包间，让生意扩大规模，与时俱进。

崔老板的房子是自建房，在自留地里，地边是公路，离车站不远，这几年街面上人多了，尤其是车站附近。看到左邻右舍都在临街道的地头建房，崔老板也向村上打了招呼，建了房子。之后，开了这个饭馆。饭馆平时也就三个人，崔老板两口子，雇来的厨师。三个人都手脚麻利，像是一条简短的流水线，把一切打理得井井有条，遇饭口，就是有十多个人吃饭，也会马上做出来。

一拨顾客打发完的时候，手脚都慢下来。崔老板便拿个蝇拍，打打苍蝇，或扫扫地抹抹桌子。要想更舒服，就泡杯茶，抽支烟，在门口坐着舒口气，放松一下。

崔老板是小本生意，利润薄，许多活儿常自己动手干，他人也不讲究，从衣着上完全能看出他所干的行业。全身上下用两个字来说：油腻。崔老板的经营理念是：咱少雇一个人，省下那钱，给客人把分量给足，不愁生意不好。这倒真是，崔老板的饭店叫满意饭店，客人吃过之后，都比较满意。于是，崔老板在这一带口碑特别好。

有人说过，崔老板有佛缘。说这话的，是一个叫鱼居士的老头，常常背着一个黄色的布褡裢，向门店里的人化缘，讨要几角钱，或者背着檀香，向门店销售。鱼居士是当地人，自称是县城北面青峰寺里的，平日管理寺院，给佛敬香，大多数时间住在家里，吃素。

听到鱼居士这话后，崔老板并不反感，他觉得这话比较合他意。虽然不去寺院里，但他觉得自己心善。那会儿，旁边有人跟崔老板说，这话是真的，你把头剃光，袈裟一穿，比和尚更像和尚。崔老板体形偏胖、头圆、头顶尖，整天笑呵呵的，稍一打扮，确实像个和尚。

崔老板的门口或街道对面，总会有要饭的，穿着破烂肮脏，这些人会在适当的时间出现，或在门口巡睃，或干脆倚门框而立。这些乞食者，多眼巴巴地望着食客们的碗里，让有些客人感到很不自在。崔老板就会把客人吃剩下的饭菜端到门外，倒进要饭者伸过来的大碗里，并且对他们说，去，端到远处去吃，今天没有了，不要再来。要饭的便诺诺着，端着碗赶紧离开。这时候，崔老板便笑笑地，很满足，也很有成就感。如果碰巧有熟人路过，看到这一幕，崔老板便会说，这些人可怜，咱权当积德行善哩。那人便会说，崔老板是个好人，心善。

崔老板的饭店离家不远，在路边一个胡同里，半明半暗的庄基，后面是窑洞，前面是几间厦房。前些年他家里还开过旅店。说是旅店，也不是什么正规旅店，在县城边上，每逢交流会，远处客商来赶会，有生意特别小的，卖些自产的箩啊筐啊，大旅店住不起，便在城边的农家打听，适当给点钱，过个夜，总比睡房檐下好些。崔老板的老爹经常收留找上门的这些人，给他们提供住处、提供热水、也寄存东西，收费又低。遇到客人说没钱时，也不相逼。老崔的老婆人也聪明贤惠，丈夫定了的事，从不反驳。逐渐地，老崔得了个绰号“善人”。当然，他的绰号来源，不仅仅是这一点。在和左邻右舍相处中，在和任何人相处中，老崔秉持了一贯的平和低调。他和儿子的不同之处在于，儿子说话嗓门大，为人张扬，仅此而已。

老崔被称作善人，一方面是性格使然，更重要的是他的出身。这些年，年轻人不知道底细，但上了年纪的人，都知道老崔是外来户。

老崔的父亲人到中年，老婆还没有生养小孩，以那会儿老崔家的家境，另娶一房不是什么难事，老崔他爷询问儿子的打算，老崔父亲说，抱养一个算了。于是，托亲戚的关系，在南面塬面的一户穷困人家，抱养了一个男孩，这孩子便是后来的老崔。

老崔父亲及以上好几代单传，但老崔娶妻之后，这种局面得以改观。一下有了三个儿子。老大在家务农，前些年老崔帮忙，给儿子修了一处院子，分家另过。崔老板行二，和老爹老娘占据老院子。老三当兵，前几年在南方打仗，立了战功，转业到一个城市，后来把家安在当地。

崔老板的为人处事，受老爹的影响很大。

来崔老板这里吃饭的，主要图个实惠。一碗面，溜尖高，再配上几瓣大蒜，一碗热面汤，吃得饱饱的。吃菜的人不多，偶尔有附近的人，约几个朋友，来崔老板这里，把面由大碗换成小碗，或少要几碗，分开吃，给肚皮留点位置，再要几个回锅肉、拍黄瓜、酱肘子之类的菜，提一瓶酒，大声说话，大口喝酒。有些人免不了在崔老板敬烟时拦住他，让他也喝上半杯。还有些人，拉崔老板坐下一块儿喝。

崔老板的饭店里，餐具比别家要大出一号，酒杯更是如此。年初，有批发啤酒的上门，卸啤酒送玻璃杯。崔老板便卸了，要了十盒杯子。来他这里喝酒的，一下子感到遂了心意，白酒啤酒都用啤酒杯喝，爽快！

听说崔老板要搞包间，邻居们都说好，但媳妇反对。媳妇分析其中利弊，一搞成包间，看着场面大了，和工商、税务等等方面的联系也会多了，费用肯定就会水涨船高，说不定还得雇人。来这里吃饭的，摆一桌的少，多是吃面食，坐包间没那个必要。

和老爹说自己的打算，老崔也劝儿子不要搞得太大，小打小闹，好守摊子。老人觉得平安是福，安逸最好。崔老板权衡再三，决定过几年再看。

崔老板最大的优点是不急不躁，整天乐呵呵。夏天的时候，他穿着大裤头，摇着蒲扇。冬天的时候，他把火炉捅得旺旺的，坐在旁边喝茶。这些都是他美好生活的常态。

时间过得很快，四五年后，崔老板的老爹老妈相继去世，儿子上了初中，女儿在上小学。他的饭店生意依旧是老样子，没有多大变化。

逐渐地，崔老板发现，不知从什么时候开始，和他关系要好的邻居们，有个三朋四友要招待，不上他这儿来了，而是去了别处。他还发现，到他这儿吃饭的顾客，似乎比原来少了。有一天，店里冷清，崔老板对妻子鱼小雪和厨师丁师说了自己的感觉。丁师倒没有说什么，妻子有些无奈地说，你整天不和正常人打交道，不想着咋做好生意，看到疯子傻子来了，不是给馍馍就是倒面条，你这样搞，还有顾客上门吗？崔老板说，那都是些剩饭陈馍，又卖不成钱，送给那些人，权且当作积德行善哩。

妻子哼了一声，没有和他争辩下去。

最近几天，除了原来那几个常来要饭的，又多了一个女疯子。时值初夏，天气开始燥热，树上的叶子从浅绿变墨绿，人们开始穿上半袖。女疯子浑身上下肮脏不堪，好像几十年没有洗过，根本看不清实际年龄，头发在脑后形成一个松散大髻，头发长久没有清洗，自然结块，夹杂着柴草和泥土。从脸到肚脐一片黝黑，看得出她长期生活在室外。非常肮脏，破破烂烂，而且歪歪斜斜，还将两条裤腿挽得有高有低。脚上套一双旧布鞋，分不清颜色，裸露在外的脚踝、脚面、脚后跟更是污脏不堪，不知踏进过多少污泥、水坑。

本地那几个要饭的，并不是每天都来崔老板这里。他们彼此熟悉，而且互通信息。他们留意最多的除饭店之外，还有纸货部、棺材店之类。这是因为，本地有个习俗，在丧事上，一般都会请“官”和“礼宾”行“大礼”，这些人穿着蓝袍子，用文言文念悼词。在亡人下葬完之后，会由“官”给吹喇叭的、厨师之类赏钱，前去凑热闹要饭的也不例外。在那会儿，叫花子凑上前去，给“官老爷”跪下，“官老爷”便会赏钱给他们，并称他们为“四方来客”。那会儿“官老爷”喊出口的话是：“赏给四方来客各×元！”声音洪亮。

要饭的也是人，是人就会有人缘。在一个地方待得久了，便有了熟人。对于这些长久在县城混生活的人，崔老板便是他们的熟人之一。县城的老住户，有上了年纪的，或心态好、心里不搁事的乐天派，偶尔会打趣这些人，从他们那里找乐子。会说，扁娃，吃了没？今天要到什么好饭？吃饱了没有？被喊作扁娃的这人也会如实回答。也有一句话都不会回应的那类。城里居民听到哪里有什么事，便会告诉这些要饭的。去了之后，混几天饱肚子，走时再领十多元赏钱，比在县城晃来晃去混饭好许多。

因而，在那个疯女人来之前，并不是每天都有要饭的守在崔老板的店门外。那个疯女人来这里之后，就成了最锲而不舍的守候者，因为每天她都能从崔老板这里要到吃的。或多或少，聊胜于无，总能填充一下她那永远填不饱的肚皮。

疯女人是怎样来到这个县城的，人们不得而知。而且，这个女人从不开口说话，于是，人们便无法搞清楚她是哪里人，年龄多大，姓甚名谁。

疯女人并不是直接来崔老板这里。她到这个县城之后，四处游荡，看到有饭店，便凑上前去，倚在门口向里张望，企图讨些吃的。这时候，便有人出现在她面前，不是老板便是服务员，不外乎两种情况：一种是给些吃的，让她拿到远处去吃；一种是直接赶走，有人还撸袖子举拳头，做要打状恐吓她。

一段时间之后，女疯子感觉这个县城只有一个地方最好，就是崔老板这里。每天都能要到吃的，也能要到喝的，而且，崔老板并不凶恶，还对她笑笑的。

崔老板向来如此。要饭的上门，他会让他们站在门外，如果有客人吃剩下的炒面或馒头，他给要饭的之后，那些人转身离去，在不远处吃完，再次上门，他便会提出装有热面汤的大铝壶，给他们的碗里倒上多半碗，还会叮嘱说，端好，不要烫着，到远处去喝。

有人对崔老板说，你对这些要饭的照顾得还蛮周到。崔老板便会自豪地一笑说，都是人，那些人虽然看起来傻着哩，但也是他娘生下的，是一条命……那人便会对崔老板竖起大拇指说：好人！

女疯子不像其他要饭的那样偶尔外出赶个场子，得些赏钱。她一直盘桓在崔老板的饭店前面，或远或近，不肯离去。

也有相熟的朋友看到女疯子在门口张望，便和崔老板开玩笑，旁边人也跟着笑一笑。

崔老板并不恼，也笑笑。

说笑归说笑，但崔老板明显感觉到，生意比原来差远了，几乎是一落千丈。

一天妻子鱼小雪说，你整天收留这些要饭的，有些还倚靠在门框上，眼巴巴地看着里面人的碗，那些人还吃得下去吗？生意本身难做，竞争又激烈，这样天长日久，老顾客都不来了。

崔老板说，你就不会赶一赶，让他们不要站在门外。

鱼小雪说，请神容易送神难，你整天拿饭菜招揽，充当好人，让我一个女人家当恶人？我能赶远？我说的话他们不听，甚至理直气壮得像主人一样，我是一点儿办法也没有。

崔老板一下子有了心理负担。那一夜，他做了一个梦，数不清的要饭的站在饭店门口，像是电视上的丐帮在这里集会，崔老板怒气冲冲地醒了，失眠了。

时隔不久，厨师丁师来辞职。丁师说，生意不太好，你们两个人完全忙得过来，我待在这里，白领一份工资。

崔老板沉默好久，说，你不要走了，咱齐心协力把生意往红火做。

丁师说，我确实不想干了，想歇个一年半载的。如果有可能，我想进大饭店，挣钱是其次，我想把炒菜的手艺再学学。

话说到这份儿上，崔老板便没有再说什么，给丁师结了工资。丁师收拾自己的东西，走了。

从这天开始，店里只剩下崔老板两口子。顾客上门，崔老板便亲自掌勺。有顾客看到丁师不在了，崔老板做的饭菜味道似乎不及丁师，于是，顾客又少了一部分。

崔老板内外交困，屋漏偏逢连夜雨。更重要的是和妻子之间的矛盾大了，两人不是吵嘴，就是怄气不说话。原来的崔老板是半个甩手掌柜，他多是坐在外面抽烟喝茶，和别人打招呼，说笑几句，只有在忙的时候，进去帮着扯面、下面，打个下手，活儿基本全让丁师和鱼小雪干了。鱼小雪和丁师，是雇佣关系，鱼小雪说出口的，丁师不会反驳。丁师一旦说了自己的意见，鱼小雪也不会反驳。如今什么事都要两人去做，崔老板业务上比丁师差远了，又喜欢在外面抽烟喝茶搞应酬，鱼小雪便要多干许多活儿。经常是互相指责对方没有把该干的活儿干完，或生怨气，或是争吵。有客人进门，见气氛不对，勉强把一碗面吃了，下次，便很犹豫，多半去了别处。

生意愈加冷清，两人关系也开始冷漠。寻找原因，鱼小雪便把责任全推到崔老板身上，说他招揽傻子疯子，把饭店搞成了收容站，不倒闭才怪。

崔老板也在思索其中原因。除了没有与时俱进扩大经营规模和提高装修档次之外，唯一的原因便是疯子、傻子的干扰。那年，旁边人家都把土木结构的房子拆了，修了平房或二层小楼，崔老板也打算拆，盖两层小楼，搞酒店。但算了一账，得贷很多款。刚上初中的儿子说，你那饭店，接待的全是短衣帮，没一个穿长衫的。他听不懂，儿子说，这是课文中的说法。这些年，开业的酒店确实多了，许多和崔老板的饭店同时开业的小饭店，如今都成了富丽堂皇的大酒店，而崔老板的饭店居然到了快关门的地步。

崔老板好面子，好多天，他都很懊恼。即使关门，也不能让别人认为是因倒闭而关门，显得自己很无能。得让人家说，那人生意好着呢，是不想干了。再说，自己才四十多岁，不干这个干啥？

崔老板不再淡定。这个夏天，他没有像往年一样，下午拿个躺椅，在门口的树下摇着蒲扇，和别人聊天，用大杯子喝茶。他多坐在角落里的吊扇下面，一支接一支地抽烟。渴了，也是一顿牛饮。鱼小雪还发现，有时候，他像被关在笼子里的野兽，在地上走来走去，眼神充满焦虑。而且，他和以前不同了，对门口来要饭的傻子疯子，不再和气，仅仅是给客人吃剩下的饭菜，不像以前一样去拿稍陈些的馍馍给那些人吃。剩下饭菜的并不多，来他们这种以面食为主的小店，多为填饱肚皮，自然，多半没有剩饭的习惯。因而，许多要饭的开始在崔老板这里要不到饭了。逐渐地，本地要饭的开始另作打算，不再过分依赖崔老板。

但那女疯子是个例外。她不懂本地规矩，也没有其他要饭的领她去别处讨要赏钱，她认了死理，只在崔老板门前或远或近地守着，或者倚门而立，向里面张望，摆出一副无法忍耐的贪婪状。偶尔，也能得到些剩饭剩菜，填充一下饥肠辘辘的肚子。

有好几次，鱼小雪见崔老板又要给女疯子倒剩饭，便说，你要想让她离开，打骂都不是办法，唯一的办法是不再给她吃的，断了口粮，她自然就走了。崔老板停下来，看看妻子说，那些人饿着，咱又把饭倒掉，于心不忍哩。话虽这样说，但心里觉得妻子说得有道理。犹豫再三，还是把饭端出去，倒进疯子的碗里。事后，崔老板告诫自己，这是最后一次。但改天有剩饭剩菜时，又忍不住端了出去。

这一年，崔老板的儿子去了外地的一所专科学校上学，专业是高铁轨道维修，据说就业前景特别好。女儿初中毕业，也到一所中等专业学校去学习护理。当然，这是鱼小雪的主意，女孩子，学习成绩不好，倒不如学个手艺，也许一辈子就把自己养活了，不用出大力气干农活。

两个孩子走后，家里只有崔老板两口子，清静了，也冷清了。原因在于两个孩子开学，一下子花了近万元，两人同时感到了生计带来的压力。

十一月初的一天晚上，两人吵了一架。次日清晨，鱼小雪像往常一样，起床后去了饭店。崔老板躺着想了一会儿，也起了床，洗漱完毕，他觉得还得去饭店，得正常营业，一个大男人，不能闹情绪。

这天早上雾气沉沉，路边的树枝上落满凌霜，小水涡里结了冰花。崔老板来到饭店，妻子已经打扫了卫生，不知还在忙碌着什么。

突然，崔老板感到门里进来了一个人，一转头，看见是那个女疯子。也许外面太冷，她居然进了饭店，嘴里呜哇不清地乱叫着什么。

崔老板一惊，忙说：出去！出去！但那疯子毫不理会，依旧胡言乱语，说着崔老板听不懂的语言。

崔老板见劝说没有效果，便拿起一个空酒瓶，装作要打的样子，恐吓疯子。疯子退出门外，看到崔老板并不真打，便不离开。

如此这般好久，女疯子终是不肯离去，崔老板有点儿生气，但又束手无策。这时，鱼小雪说：喂吧，如今成了亲戚，不，叫花子进了上房，客不由主了，赶不走了。你总看我不顺眼，倒不如我离开，你们俩一起过算了。

崔老板一愣，没有想到老婆会说这种话。想和她理论，进了灶间，鱼小雪没有再说什么，在干手里的活。崔老板站了片刻，看到案子上有半盆热水，便端起来，刚到门口，那疯女人正要进来，见崔老板出来，以为要打她，后退几步，刚转身，崔老板手中的热水便向她泼了过去，泼在她的后背上，四溅开来。那女人便“啊”地大叫起来，跳着、叫着。

崔老板手里拿着盆子，呆呆地看着疯子，脑子里突然一片空白。直到鱼小雪听见喊叫声，问他，你把一盆开水泼疯子身上了？

此后好多年，回忆那个早晨发生的一切，崔老板都有些恍惚，如在梦里，混沌一片，甚至记不得过程，只记得那天早上很冷，那盆热水泼出，一片大雾向他弥漫而来。在他的意识里，忽而很清晰，如同刚刚发生。忽而很遥远，仿佛是一个记忆十分模糊的梦。有时候，他觉得自己是泼水者，有时候，他又觉得自己是那个疯女人，那半盆热水泼在了自己的身上，就仿佛有了刺痛感。那女人又跳又叫、手舞足蹈无所适从的一幕，像一款木马病毒，强势进入他的大脑，破坏了原有的程序，占据了重要位置，并且在不停地刷屏，以显示自己的存在。

也是从这天开始，人们发现崔老板变了，变成另外一个永远像在思考着什么的人。和别人说话，常常心不在焉，转而又恍然大悟。更多的时候，崔老板静静地坐在饭馆角落的一个椅子上，不抽烟，也不喝茶。但香烟和茶水，却依然是他的标配。烟卷在他手里，记起来的时候，已经燃尽，不是烟屁股已灭，就是带着半截白色的烟灰。好在如今的烟卷全部带有过滤嘴，不曾烧到手上。茶也泡了，但记起时已经冰凉，茶叶呈暗绿色，只得倒掉另冲开水。

崔老板到外面去，总觉得左邻右舍对他指指点点，在窃窃私语地议论他。他记不清楚，那天早晨，他把半盆开水泼向那个疯女人的时候，邻居们起床开门了没有。他只记得，那个女人大叫着跳了几下，不久就离开了。大雾弥漫，等晨雾散尽阳光出现的时候，街上没有什么闲人，远处有人站在门前晒太阳，早上发生的那一幕，似乎是海市蜃楼。

不知从何时起，崔老板便不打招呼地离开饭店，有时候一整天，有时候两三天，不见他的人影。鱼小雪常常对自己说，或者对邻居和熟人说，这生意没法做了。

临近春节，崔老板早早地关了门，那会儿腊八刚过。他整天心不在焉，鱼小雪看他的眼神也怪怪的，像看一个怪物，但崔老板不在乎这些。或者说，他根本不关心别人了，整天沉浸在自己的世界里，和别人极少打招呼，有人向他打招呼时，他也仅仅是应答一声。那年冬天，他常常在县城的大街小巷走来走去。

过春节时，鱼小雪说，生意不好，与其死守，倒不如把饭店转让别人，让人家经营。崔老板没有吭声，到正月十五之后，街上所有门店都开了门，唯有崔老板的“满意饭店”店门紧闭，鱼小雪再次提起转让，崔老板呆呆地说，那就转了吧。那会儿已开始有了手机，鱼小雪便找打印店打印了转让启事，上面留了两人的电话号码。到端午节前后，饭店终于转让给别人了。

从那个早晨开始，鱼小雪觉得好像刚认识自己的男人一样。她回忆起疯女人离开的那天早上，她生了火，往锅里倒了几勺水，准备烧热之后清洗碗筷，等她扫完地之后，发现锅里的水竟然已经沸腾，便盛到盆里，给锅里另倒了清水，准备做饭。那会儿，崔老板刚从外面进来。她还没有来得及往里掺凉水，那半盆热水，已经泼到疯女人的身上。也是从那会儿开始，她的内心深处，开始有点儿怕这个男人，平时乐呵呵的，和任何人没有红过脸皮，但突然间，就把半盆开水泼到一个可怜的疯女人身上，这样的人，你知道什么时候，他会做出什么出人意料的事来？鱼小雪突然有些后怕。

两人平静地生活在老宅里，相安无事，有时候，一整天一句话也没有。男人或在院子里或在大门外枯坐发呆，鱼小雪做好饭之后，走到他旁边，说两个字：吃饭。看男人有了反应，鱼小雪转身离开，男人便缓缓起身，来到饭桌前，两人默不作声地吃饭。

鱼小雪感到压抑，透不过气来。秋季，附近农家的苹果园招工，她向男人打了招呼之后，便去给人家帮工，摘套袋、铺反光膜、摘苹果、装箱，一直干到十一月初。她觉得，过年之后，她该到外面去，找个活儿干。也可以说，是出去打工。

第二年开春，她去了外省的一个城市，找了一份饭店的工作。在这里，她干得得心应手，也觉得开心快乐。

无数的唠叨填满耳孔之后，崔老板也觉得生意衰败跟这些要饭的有脱不了的关系。半盆开水泼出，改变了他的想法。

当时他就感到自己闯祸了。白雾散开之后，他在想，这件事该怎么办？那会儿去找，肯定能找到。但找到之后，该怎么办？领到医院去让医生给治疗？一个被自己伤害了的疯子，自己的话她听吗？能否领到医院里去？让别人帮忙？谁愿意去帮这个忙？而且这件事一旦传开，他还有脸面混在街道吗？这些问题，像一道道凌空而下的结实的鞭子，抽打着他，他不知道该如何应对。

几天之后，他感到房子里让他窒息，他觉得胸闷气短，头晕头疼，他不由得想要到街上去。他走街串巷，眼睛向四处巡睃，仿佛丢了什么东西一样。晚上睡在床上，仿佛有石头压在胸部。他常常到半夜还睡不着，天不亮就醒来了。无事的时候，他面无表情，呆呆地望着某一个地方出神。

妻子离家之前，儿子和女儿也已经上学走了。如今，家里只有他一个人。他觉得，应该扩大范围，无论如何也要找到这个不知姓名的疯女人。如果有病，就去给她治病，如果烫伤没有痊愈，就领她去住院。他甚至想好了，如果有人问是他的什么人，他就回答是自己的妹妹。得正视这件事，否则，他什么也干不成。

崔老板买了一辆老式的二八自行车，从本县开始，先县城，后乡镇，寻找这个女疯子。遇熟人打招呼：崔老板，你骑辆自行车干啥呢？他会说，没事，闲转。那人说，莫不是打算另做什么生意吧？崔老板忙说不是，抽身就走。

遇到朴素些的中老年人，崔老板会问他们，见到过一个女疯子吗？述说相貌，别人摇摇头，他道声谢，转身跨上自行车离去。

就这样，两三年时间一晃就过去了。这些年里，他有一半多时间骑着自行车在外面，把附近的几个县都跑遍了，而且不下两三次。他的自行车后座上，绑着一个旧包，是儿子淘汰下来的，里面装着他的衣服。他淋过雨，受过冻。后来，凡出门时，他会带足衣服，甚至雨伞和杯子，向别人讨热水喝。他也越来越不讲究衣着打扮，胡须经常忘记刮。

这期间，家里也发生了许多变化。儿子毕业之后，在外地找到了工作，谈了一个女朋友，是家里的独女。那女子有点儿跛，相貌也平常。许多人认为不好，包括他的妻子，但崔老板觉得很满意。崔老板在心里说，此生，做事已经太过头，以后多吃亏吧。但这个想法，他不会很有逻辑地讲出来。女儿在邻县的中医院当护士，是临时工，崔老板也觉得很好。这个世界上，临时工很多，每年出去打工的农民那么多，都是临时工。在崔老板看来，只要好好干，一直干下去，临时工跟正式工没多大区别。至于待遇不同，崔老板说，不同也没关系，反正饿不着。再说，那会儿没有人家正式工上的学校好，考试成绩不如人家，这个差异不能怨别人。

他转让出去的那个饭馆，也在去年被拆除了。县城扩建，街道拓宽，他们那一排全拆了，地基变成了街道。

这一年的秋天，他来到一百公里外的一个县城，这个县城归另一个地级市管辖，和他们那边风俗颇不相同。那年，女疯子上门要饭，他或让她等会儿再来，或给了剩饭之后，让她拿到远处去吃，之间有过简短的对话，他隐约感到，她不是本地人。几年寻找未果之后，他决定再次扩大范围，也许，会找到她的。

这天下午，在街道走过时，他看到一个一间门面的小饭店，从外面看着干净整洁。最主要的，他看到招牌上的小字中有“豳州风味特色炒面”字样。那会儿他也肚子饿了，便把自行车支起来，进去吃碗炒面。

饭店里的人不太多，他一进门，服务员便迎了上来，问他吃什么饭，他随口说，一大碗炒面。服务员向里面报了，他便坐在门口的桌前。吃完之后，刚好进来了几个客人，服务员忙着招呼，那几个人似乎还要点菜，服务员拿简单的菜单等着。他喊了几遍收钱，服务员便向里面喊，姨，你出来把这个钱收一下。崔老板便向操作间门口走去，在那个铝合金玻璃隔断门口，他看到刚放下手中活儿欲出来收钱的女老板，正是他的妻子鱼小雪。

四目相对的瞬间，两个人都愣住了。那会儿，鱼小雪刚从衣兜里掏出一把零钱，崔老板也刚好拿着一张二十元的钞票，两人之间的距离不足两米。

十几秒过后，鱼小雪说，你怎么来了？崔老板说，你怎么在这儿？

两个人都没有回答对方的问题，又是一阵沉默。这会儿，崔老板看到忙碌中转过头来的厨师不是别人，正是曾经给自己打过工的丁师。

丁师脸上很是尴尬，崔老板也觉得事出蹊跷，头脑发蒙，他分明要找的是女疯子，可是找到了鱼小雪，她居然跟丁师在一起，这是什么事啊。

外面的顾客等着吃饭，几个人简单说了几句，只说晚上再聊，丁师便开始忙活。崔老板看到自己站在那里碍手碍脚，便说他要走了。鱼小雪把他送出门外，问他来这里干啥？崔老板说看看。鱼小雪有些不相信似的。崔老板问妻子，你不是说在市里吗？怎么在这里？鱼小雪说，年初碰到丁师，留了电话，前段时间他说饭店需要帮忙的，我就过来了。崔老板想说什么，一时不知从何说起。这会儿，服务员又喊，姨，收钱！鱼小雪说一句晚上联系，便进了饭店。

崔老板推着自行车走了几步，停住。又走几步，又停下来。路过一个小商店，看到店主是个和他年纪差不多的老头，便支起自行车，进去买了一包烟，拆开，给那老头一支，向他打听见没见过一个女疯子，说了外貌，并说那是自家妹子，走丢好几年了。那老头很是同情，但没有见过。两人搭上话后，崔老板向老头打听那家饭店，说味道不错。扯开话题之后，老头说，那是两口子开的，已经好几年了，生意一直不错，今年雇了个年轻女人当服务员。崔老板呆呆地，好久不说一句话。

离开老头之后，崔老板在县城外面找个便宜的私人旅店，花二十元开了一个房间，霉味扑鼻，但看着还算干净，脸也没洗一把，便上床躺着。

夜里十点多钟，鱼小雪打来电话，崔老板本不想接，但响个不停，接了，鱼小雪问他在哪里，说丁师炒了几个菜，请他喝酒。崔老板什么也没有说，便挂了电话。但鱼小雪又拨过来，摁掉，又响，反复几次，他便关了电话。

那夜，崔老板彻夜难眠，到天亮后沉沉睡去，中午起床后，他决定回家去。但他感到，似乎没有力气骑回去，便来到汽车站外，等到回县城的车，拦了下来，回到家里。

拦车时，售票员说，这年头，谁还骑二八自行车，你丢到路边沟里也没人要。到收破烂的那里，比你这成色要好的也才二十块钱。崔老板没有心情和他说笑，最终，多出了一份车票钱。

回到家里，崔老板细细回味老婆出门这几年说的话。她说在那个市里的一个饭店打工，自己也没有去看一下是否属实。两人平时通电话也不多，没有太多的联系。到年底，老婆拿回些钱来，他也不说多少，转手给了上学的孩子，如果不够，自己再添些。说实话，崔老板没有想着让她挣钱。

崔老板反复地思索老婆鱼小雪和丁师的关系，他们最大的可能是像夫妻一样在那边生活，到年底各自回家。崔老板叹口气，他恨得牙根痒痒，但瞬间又想，和鱼小雪夫妻一场二十多年了，再说都一把年纪了，她想咋样就咋样吧。

老婆打过几十个电话过来，他一个也没有接听。他想，她不过是找些理由，掩饰一下自己的行为。他常想到那夜的冷静理智。如果那夜去了，也许会发生什么事情，到了这个年龄，无论大小事，他也不愿发生了。那半盆热水闯下的祸端，已经让他心力交瘁。鱼小雪毕竟和他夫妻一场，何必闹到身败名裂那一步？

后来，他努力让自己不去想那件事，竟然逐渐地淡忘了。

到春节前，鱼小雪回来了，崔老板像没看见一样，每日该干什么还是干什么。其实他也没有什么事干，吃过饭，他仍到街道去，慢悠悠地游荡，四处巡睃。鱼小雪主动和他说话，他也不怎么理，多是应答一声。

他们还在年前为儿子举行了简单的结婚仪式。按本地的习俗，应该大操大办，但崔老板没有那个心情。再说，这几年，遇上人家的红白事，他也不去，朋友都疏远了。所以，想大操办也没有那个条件。凡是崔老板说出的事，鱼小雪也没有反驳，表面上看，他们的家庭依然很和睦。

儿子也很争气，工作卖力，勤勤恳恳，对妻子也很好，很得岳父一家人喜爱，这一点，也让崔老板放心。

开春之后，崔老板家所在的那一大片要拆迁了，生活了几代人的老院子和窑洞将被填平，开发商要在那里修建全县最大的多功能市场，商业街、电影院、大型购物广场之类。他们的去处，政府早有安排，修建了一个安置小区，崔老板分到一套三居室，还得到三十多万元的现金补偿。其实，像他这样的人家，借口两代人要到两套楼房，也不是不能实现，而崔老板，依旧像上次一样，不声不响，在政府制作的表格上签了字。

在儿子的要求下，崔老板请来装修的工队，把三居室进行了简单的装修，在旧家具和生活用品中进行了精挑细选，又补充了一部分新的，搬进了楼房。这期间，鱼小雪回来过一段时间，许多活儿都是她干的。但两人之间，依旧冷漠，基本互不理睬。

鱼小雪是七月份走的，那会儿，崔老板已乔迁新居。九月初，鱼小雪回来了。回来那天，崔老板仍上街去了，他已经有了每天上街的习惯，或早或晚，连雨天也不例外。

鱼小雪带着大包小包，这一点让崔老板有些意外，也有些纳闷，但他没有主动去问。晚上睡觉时，崔老板进了自己的卧室，已脱衣上床，鱼小雪进来了，脸色有些悲戚，站在床边沉默了一会儿，看男人望着她，面色平和，没有厌恶和反感，便对男人说，我有病了。

崔老板并没放在心上，但也没有像往常一样默不作声。他随口说道，有了病就买些药吃，是感冒了吗？还是怎么了？

鱼小雪说，是癌症，乳腺癌。

崔老板一惊，坐起身说，乳腺癌？发现多久了？

鱼小雪有些愀愀地说，前几天在医院确诊的。

两人很久没有说话。在鱼小雪刚把生病的事说出口的时候，有一句话在崔老板的脑中一闪而过：你不是让丁师承包了吗？他这会儿不管你了？以前，崔老板的反应很快，和别人说笑时常有妙语脱口而出。

关于“承包”二字，他们之间还有一段典故。那年看到别的酒店都在招牌或窗玻璃上写有“承包酒席”的字样，鱼小雪也让崔老板搞几个字，但崔老板觉得可笑，不愿去搞，说笑道，我就不承包什么酒席了，我承包你就行了。

崔老板略一思索，对妻子说，你也不要有心理负担，咱明天就到省城的大医院为你看病，这几年医疗技术发达了，这样的病完全能治好。再说，咱家里现在有钱。

鱼小雪眼里充满感激，点了点头。好一会儿，她有些忐忑不安地望着眼前的丈夫，说，我睡你这床上行吗？从那年春节回家，他们就开始分床住，这是崔老板要求的。

两个人靠在床头上，都没有说话，各自想着心事。

崔老板看身边的妻子，并不老相，看上去起码要比自己年轻十多岁。这些年，她过的是有规律的正常生活，虽然发生了那些事，但世间那种事少吗？她毕竟是自己娶回家的，而且，生了两个孩子。崔老板这样想着，便对妻子产生了许多同情，她的那些龌龊之事似乎风轻云淡了。

鱼小雪试图偎依在丈夫怀里，但这个须发凌乱、满脸沟壑的男人无动于衷。这些年，他一点儿都不讲究，甚至有些邋遢，他明显地苍老了。鱼小雪清楚地记得，从用开水泼了那个女疯子之后，他的性格大变，痴呆、寡言、偏执，这些都不能完全来描述他。感到无法正常沟通交流之后，她觉得，你怪异行，但我得有正常的生活。她喜欢饭店的工作，也和丁师默契，后来，两人关系便有些不明不白。

第二天早上，两口子整理好出门的行李，去了省城，开始踏上求医问药之路。经过了手术、化疗、放疗，两年后，这个叫鱼小雪的女人没能延长自己的生命，她在那个秋天去世了。

崔老板料理了妻子的后事之后，独自在家。女儿在这两年内已经出嫁，他觉得，于传统观念来说，自己这一生的任务已经完成，儿女的生活质量，他管不了，也不想管。他常会记起老人们说的一句话，儿孙自有儿孙福，莫为儿孙作牛马。此生在世，他还有一件事没有完成：找到那个疯女人。

在妻子临终前，两人有过几次交流。那会儿，鱼小雪的癌细胞已经扩散，她也知道大限之日不远，感念丈夫竭尽全力为自己治病，闲谈中，对自己的一生进行了简单的回顾，对于和丁师的那段感情，表示了忏悔。她觉得，关键时候，还是自己的男人靠得住。

崔老板觉得妻子很可怜，便连忙说，谁一生不犯一点儿错误呢。这些年，崔老板没有向任何人说过他内心深处的懊悔和自责，以及自己为此付出的惨痛代价。在这个时刻，他详细讲给妻子听。到最后，崔老板说，也许，这件事他要在心里鲠到死去。

不知道那女人的下落，他心里始终有一种说不清的难受。

鱼小雪劝慰丈夫，让他不要自责，并且说她也有责任。如果不是她把半盆开水放在那儿，如果她及时发现男人端了出去，那么，一切都不会发生。鱼小雪安慰丈夫，也许那女人根本就没有烫伤，她常年躺泥里水里，皮厚肉糙，也许钝刀都割不破呢。鱼小雪还举了动物世界中的例子，说有些动物皮就特别厚。鱼小雪还说，也许她的疯病已经好了，像正常人一样生活了，你到哪里能找到呢。

妻子分析的时候，崔老板沉默不语。妻子说的那些他都想过，觉得也有可能，但无法证实，他就不愿相信。因而，这始终是个谜。他曾见过一个丢了孩子的女人，刚对他叙说几句就泪流满面，那个女人的面容有和年龄不相符的沧桑。熬心的事只会自知，外人是无法理解的。

半年之后，崔老板修理好自行车，整理好常用的东西，又踏上了漫无目的的寻找之路。这些年，邻居慢慢发现这个五十多岁的男子有点儿不太正常。刚开始以为他是在考察生意，后来见他在自行车后座上带一个大包，一出门就是月把天，而且回家几天之后又外出，问他，他只是嘟囔几声，没有明确的答复。后来，路上不断见到三三两两戴着头盔的年轻人，穿着花花绿绿的衣服，骑着新式自行车经过，也有骑摩托车的，据说这类人叫驴友。对他性格知根知底的老邻居打趣，崔老板，你骑自行车也是当驴友吗？骑这老式自行车太费劲儿，倒不如搞辆摩托车骑着。

从刚开始外出寻找，崔老板就在坚持一个习惯，每次遇见要饭的，无论男女老少，他都会找就近的蒸馍店或烤饼店，花几元钱，给这人买十个馒头或饼子。他知道这些人饥不择食，能填饱肚子就行。如果买得多，就会发霉变质。而这，又用不了多少钱，他完全承担得起。

寻找那个没有任何身份信息的女疯子，成了崔老板一个难以了结的心愿，似乎也成了他有生之年的一个使命。只有在外面风雨无阻地奔波，他才能感到心情舒坦些，心里的不安才能少些。

一年多时间下来，崔老板又一次跑遍了半径约二百公里内的所有县城和乡镇，依然没有任何收获。

也许真如他的妻子生前所说，那个疯女人也许不疯了，她的亲人也许会找到她，会领她治病。如果这样，是最好的。

思无邪

宴会开始不久，柏舟就收到了关淑琴的微信消息：我来西城了，住天鹅酒店618房间。

关淑琴是柏舟的同学，高中时他们同级，都是文学社的骨干成员，彼此相处得不错。毕业那会儿，他们双双名落孙山，柏舟回到了农村的老家。后来，柏舟经过自学考试，取得了大学文凭，再后来，经过无数次的跳槽，柏舟终于稳定下来，在一家杂志社工作，目前是杂志社的一个中层。

这是一家不大的杂志社，是一个省级的行业协会办的，半官方的那种，主要收入靠广告费，基本没有销售量，靠赠阅。柏舟的任务很杂乱，既当记者，外出采写稿件；又是广告部经理，去拉赞助；稿子写成之后，时不时还要参与编辑工作。

这条短短的留言，使柏舟变得心神不定，忐忑不安。对敬酒的这位老板便有些反感。老板还情绪高涨地鼓励他的员工和朋友给柏舟敬酒。他们的目的很直接，仅仅是想让柏舟给这位老板写出好的宣传文章，让老板的形象光辉灿烂起来。

早在宴会开始之前，柏舟就和老板约好，今天要痛饮一场，一醉方休。老板很好客，也热情厚道，生意做得也很大，除代理着三个全国知名的品牌外，还经营着一个百货商场，在这个五十多万人口的县城里，是个颇有名气的商人，而且算得上儒商，这点也让柏舟对他另眼相看。

现在，柏舟却对这场宴会索然无味，他开始考虑今夜是住在这里，还是回西城去。

老板看出了柏舟的应付。他大声说，兄弟，你不要作假，够朋友就放开喝，大不了回去睡一觉。房子我帮你登，明天的事儿误不了的。

柏舟看得出老板的诚意，坐在这间豪华包间，面对满桌佳肴，他却有些心不在焉。

柏舟和关淑琴学习都很偏科。那个时候还没有扩招，所谓的千军万马过独木桥，就是说那时的高考。

许多时候，柏舟总要感叹一番，感叹他们这代人，开创了一个全新的“职业”：打工。他们是这个词语的创造者和使用者，他们是这个群体的鼻祖，他们经历了这个时代的巨大变迁：一部分人变为第一批农民身份的城里人，一部分成了最后一代职业农民。当然，他们并不是严格意义上的农民了，他们在农忙的时候回家种地，在农闲时外出打工，他们有了一个掐头去尾的新名字：民工。

过了而立之年，柏舟的生活基本上稳定下来，孩子也逐渐长大，他没有了前些年的紧迫感。一个偶然的机会，他知道了关淑琴的QQ号码，于是，他们开始联系。

刚刚知道QQ号的时候，柏舟便迫不及待地去搜索。在等待的那段时间里，他的心情忐忑不安。

加好友时，柏舟报上了自己的姓名，并且加上这样一句话：我是你的高中同学。

这符合柏舟的一贯做派。这些年来，他总是在不停地自我介绍。去拜访陌生的客户，他总是热情地对对方说，我叫柏舟，是……这一连串不亢不卑的介绍下来，对方才会对他产生信任，和他交谈。他会根据对方的态度变换话题，让对方跟着他的思路跑。当对方有点儿不耐烦时，他会去夸奖对方，说对方感兴趣的话题。这一切都做得浑然一体，天衣无缝。他的目的是让对方把钱掏出来，装进自己的口袋，条件是给对方写文章。

当然，并非这么简单。他首先得和那些人交朋友，让他们对自己感兴趣。

对这些客户，对自己的上司和同事，柏舟都赔着笑脸。他觉得自己一直在装，装一个仪表堂堂、语言得体的人。他把自己的锋芒隐藏了，面对这个深不可测的社会，他觉得自己挺失败的，既非商人，也非文人。

他不知道自己究竟属于什么人，说是商人，他没做买卖；说是文人，他不挣稿费。他有时候觉得自己好像是骗子，但又似乎不是。仿佛是这个行业的寄生虫，但是自己那么忙，并且付出了艰辛的劳动，又好像并没有寄生。

关淑琴通过了柏舟的 QQ 申请之后，柏舟很是激动。他当即问道，你还记得我吗？关淑琴说，当然记得，在我的印象中，你总是夹着书，到教室后面去背诵。而且我还记得，你不是很喜欢说话。

柏舟回答，你说得极对，到现在，跟不太熟悉的人在一起，我依然不太说话。路遥说过，在大多数场合，我愿意做一个沉默的观众。

对于柏舟提到路遥，关淑琴显然来了兴趣。她接着问，咱们上学时喜欢文学，你现在怎样？还写吗？

柏舟说，我依然喜欢，只是人到中年，仍是个文学爱好者。看来，这辈子想当作家，只能是个梦想了。

于是，他们谈起了文学。

到后来，两人无话不谈的时候，关淑琴说，你知道吗？这些年来，好些同学和我有了联系，但仅仅是有了联系，见了面的算是邂逅吧。大概了解对方的情况后，我就不太和他们交谈了。你知道原因吗？一是好些年没有联系，彼此不是很了解，谈的多是些表面话题，无关痛痒，深入不到内心深处；二是我没有时间，上班时有工作，下了班有家务，闲余时间我还想读点儿书。而且，在日常生活中，还有必不可少的应酬。所以，我才不会和久没联系的同学瞎聊。

这些话，是他们在后来打电话时说的。

这时，柏舟向她讲述了自己出书的事，更向她讲了自己的豪情壮志。

前些年，柏舟看到宋鸿兵的《货币战争》很火，他渴望宋鸿兵那种成功，便把自己断断续续写成的文章整理出版，书名叫《繁华之后》。一部分送人，一部分卖给自己的客户。一直以来，柏舟有一个理想，就是能出版一部像《货币战争》那样的书，既好看又好卖，名利双收。

对稍有文化的客户，柏舟作完自我介绍之后，就会大谈自己的理想，画饼充饥，使自己变得阳刚起来。虽然理想很丰满，现实很骨感，但望梅止渴，也是一种精神上的胜利。

上学的时候，他阳光而自信。他们的状态都很好，都想给对方一个好的印象，情绪高涨而夸张。听到关淑琴的话，柏舟哈哈地笑了，但关淑琴却略显紧张，用一副莫名其妙的语气问他，你笑什么？

柏舟停止笑声说，你的话当然没有那么好笑，我发出的是一种胜利者的喜悦，是一种发自内心深处的笑，是高兴的笑。这是因为，我并没有被你淘汰出局。许多天后，柏舟想，关淑琴那会儿紧张的，也许是觉得柏舟听出了破绽。你真有那么忙吗？你比华威先生还忙？

上学那会儿，他们之间交流过《华威先生》这篇小说。

关淑琴笑了，她的笑很含蓄，蜻蜓点水似的，之后有点兴奋地问，我有这么重要吗？没有被我淘汰出局就这样高兴？喜形于色了？由此可见我对你挺重要的。

当然重要，这些年来，我经常会想到你，毕竟你在我的内心深处留下过很深的印记，你曾经深深地打动过我的心。

你不会逗我玩吧？关淑琴说着又笑起来。听得出，她笑得很爽朗，有点肆无忌惮的样子。

我逗你干嘛？我说的是真心话。柏舟很认真地说。

在某个时间段，关淑琴确实打动过柏舟的心。

在柏舟的印象中，关淑琴并不漂亮，是长得比较普通的那种。但是，她的气质不错。柏舟曾对要好的同学赞赏过关淑琴的气质，但同学却不以为然。同学说，那叫气质好？只不过自视清高罢了，我看你是不懂什么叫气质。

虽然遭到了同学的抢白，但柏舟却依旧觉得关淑琴气质好。

一天，关淑琴问柏舟，你记得萑苇吗？

当然记得，咱们高中时的老师。柏舟快速地写出这几个字。

怎么能忘记萑苇呢？在柏舟的学生生涯中，萑苇虽然代课时间极短，只有一个学期，但是，正是这个老师引导柏舟爱上了文学。

我和萑苇谈过恋爱，你知道吗？后面是一个害羞的表情符号。

知道啊，你们那会儿的事，我基本上全知道。柏舟并不惊讶。毕业前夕，他曾因这件事痛苦过。

啊，你知道？你是怎么知道的??关淑琴迅速问道，并且伴有惊讶的表情。

柏舟有些得意，他写道，我当然知道了，不但我知道，同学们都知道，你们那场恋爱是公开的秘密，并附上一个偷笑的表情。

不会这么夸张吧？关淑琴连发三个冷汗的表情。

同学们都知道。发出这几个字，柏舟想起一句谚语：世上没有不透风的墙。接着，把这句也发了出去，并带上一个坏笑。

你幸灾乐祸？后面是一个敲打的表情。

我好疼，你真舍得？柏舟偷偷地笑着，写了这几个字。

你知道吗？那些往事，对我来说，是终生难忘的，有幸福、也有伤痛。

能理解。柏舟缓慢地写出这三个字，停顿了一下才发出去。

往事如烟，令他心痛。柏舟知道萑苇和关淑琴谈恋爱之后，埋葬了对关淑琴的一片深情，黯然神伤，无声地离开了学校。

那年，萑苇即将从一所师范学校毕业，来到这所中学实习，萑苇很有才华，个性也很张扬，校领导把他当作重点对象来培养，让他代高二两个文科班的语文课。柏舟是学生会主席，也特别爱好文学，于是，萑苇老师让他当了新成立的文学社社长。这位萑苇老师也是个文学青年，他的笔名叫薇薇，同学们都在后面偷偷地叫，有亲昵或戏谑的成分。谣传这位薇薇老师很神秘，据说在一些报刊上发表过诗歌，前途不可限量。而且这位老师衣着光鲜，似乎有点油头粉面。许多爱好文学的同学，视这位老师为心中的大神。因为北岛、舒婷太过遥远，只闻其名不见其人，而这位老师就在眼前。

种种传奇和自身的前卫，决定了这位薇薇老师有好多的追随者。当然，同学们由于自身物质条件的限制，外表的时尚无法实现，但写诗、给自己起一个来自《诗经》的笔名，于这帮小青年却不难。于是，鹿鸣、鸿雁、采菽之类层出不穷，虽然这些名字多出现在校报上。这是柏舟带的头，他给自己起的名字叫子衿。

在萑苇老师的鼓励和帮助下，柏舟办起了一份油印小报。这张免费赠阅的小报使得柏舟成了明星人物。关淑琴也是个文学爱好者，于是，通过文学这个媒介，他们走得近了些。

这位薇薇老师，给柏舟他们讲授了《关雎》这一课。他那神采飞扬如临其境的表情，也感染了好些同学。在那个情窦初开的年纪，他们不可能无动于衷。柏舟正是在老师声情并茂的“窈窕淑女，君子好逑”的刺激下，开始暗恋关淑琴的。

关淑琴旧事重提，柏舟自然想起了萑苇。据柏舟所知，萑苇那年分配回他们县城，在工作了两年之后，辞职外出，去关淑琴打工的城市找她。后来，他回到老家县城，开了家广告公司。

加你QQ前大约一个月吧，我也加了萑苇的QQ。关淑琴发出这几个字，之后是一个微笑的表情。

是吗？柏舟有些意外。究竟是哪种意外，连他自己也说不清楚，但他却觉得心里有些不适。

当然是了。

柏舟刚要回复，关淑琴的电话过来了。在QQ联系上之后，他们就留了电话，但到这时为止，他们还没有通话。

关淑琴的突然来电，令柏舟有点儿意外，有些惊喜又有些不安。他不知道该不该接这个电话，二十多年了，第一句话从何说起呢？而且，他总是感到自己口拙，尤其在年轻漂亮的女性面前，不由得会自卑起来。

电话接通之后，关淑琴自报家门。听到一口流畅清爽的普通话，柏舟有些惊讶。二十多年前，上中学时，他们说的是方言。到如今，柏舟都觉得自己的普通话不标准，和老家人说话时，他不自觉地用老家方言，免得别人说他出门混了几年就忘本了。

关淑琴的声音洪亮甜美，而且语速很快，这是柏舟的第一印象。她开口便说，没想到吧，我会打电话给你。也真是奇怪，咱们毕业二十多年了，和我有联系的同学寥寥无几，也就是那几个闺蜜吧。但这半年之内，陆续有好几个同学主动联系我了。

那就好，人到中年，都开始回味过去，说明我们正在慢慢变老。

你说得不错，怀旧就意味着我们渐入老境，但是说真的，我可不愿意这样快就变成一个老太婆。关淑琴说着咯咯地笑起来。

你肯定年轻，你一定没有我们这些人显老，我常年在外面跑，风吹日晒的。

柏舟说完这些话，心里发虚。在好些时候，他感到压力很大，有些自卑，自我诊断为精神阳痿。曾去百度这四个字，但是发现全和生理疾病有关。他觉得正确的解释应该是这样的：因为自卑而引起的不能正确面对现实，在现实中逃避的一种状态。

听到关淑琴爽朗的笑声，他又想，差不多的年龄，她凭什么就不显老呢？据说女人比男人更显衰老。

岁月面前人人平等。关淑琴依旧很快乐的样子，这完全听得出来。我常常说这几句话，但说真的，我确实不怎么显老。好些同事问我是怎么保养的，几年过去了，我依然是原来那样的肌肤。首先声明一下，是以前在一起工作过的女同事。

我才不相信是什么女同事，一定是男同事。柏舟故意说。

虽然二十多年没有联系过，但是那种亲切感还在，甚至超过当年。

在闲聊中，关淑琴说自己很注意保养，并且说女人衰老是从一双手开始的。因而，这些年来，她做家务的时候，都戴着橡胶手套，防水的那种。从来不把自己的双手浸泡在污水中，包括做饭洗衣服。这让柏舟想起了莫泊桑的《项链》中骆塞尔太太那双发红的手。

老板明显地看出了柏舟的心不在焉，劝酒的热情降下来了。一边劝柏舟吃菜，一边不停地看他。

柏舟知道不讲明白是不行了，于是便对老板说，今天晚上还得赶回去，有件很重要的事情要处理，并且表示了歉意。

不回去不行吗？老板有点儿遗憾地说。

确实不行。柏舟显得很无奈。

于是，他们开始商量怎样回去。这会儿回西城，客车显然是没有了。他提出坐火车回去，这里是铁路主线上的一个县城，十二点前肯定还有过站的火车。

那不行，坐火车不方便。如果你确实要回去，我让司机送你吧。

那怎么行呢？柏舟有些犹豫。虽然口头上推辞着，但他的内心还是希望老板能派车送他。一百二十多公里，全程高速，也就用一个小时多一点儿时间。如果去坐火车，两站距市内都有不小的一段路程，确实不方便。

一旦敲定由老板的司机去送，这位老板又开始热情地劝酒。但柏舟依旧没有兴趣，只想着早早离开这里，一点儿也不想喝了。

柏舟不是那种喝酒就兴奋的人，一般场合他都能招架得住，有时候甚至觉得自己有点儿嗜酒。一个星期左右没有参与酒场，他就会自己点酒喝。他喜欢微醺的状态，也只有在那种状态中，他才会感到回归真我，才会有点儿自信。

老板和他的朋友酒兴不减，喝得兴高采烈。柏舟如坐针毡，急切地想回到西城去，去见关淑琴。他知道这微信留言的潜台词，虽然近一个月没有再谈相聚的事，但那层意思却彼此都心知肚明。他们曾充满激情地在电话上谈论过，甚至设想有一天随团去凤凰古城、去江西婺源、去云南束河。但说归说，柏舟知道去不了，因为他的卡上总是两三千元，谈何容易。

直至老板和他的朋友打着酒嗝，拍打着对方的肩膀，说笑着走出酒店。柏舟为自己没能陪老板尽兴而有些内疚。

在酒店门口，他们又兴高采烈地说笑着。柏舟看着华灯初上的街道，开着车灯的汽车穿梭而过，他感到老板也许忘记了承诺，便提醒说，要不送到火车站算了，就不麻烦司机了。

老板恍然大悟的样子，连忙打电话。一会儿，一辆黑色的尼桑轿车开了过来，老板让司机把柏舟送到西城。

柏舟和老板的这帮朋友告别，他们都不忘叮嘱柏舟把这位老板的报道发在杂志的醒目位置。为了能把手从他们的手里尽快抽出来，柏舟满口答应着他们提出的条件，尽管他知道那全是酒精作用下的亢奋之言。

车子向高速路口驶去，柏舟和司机攀谈起来，谈论婚姻状况和工作状况。

刚上高速，有微信提示音。柏舟一看，是妻子发来的：这会儿在干吗？

柏舟略做迟疑，立即回复，客户请吃饭，这会儿刚回宾馆。

什么时候回来？妻子的消息挺快的。

明天。你早睡吧。发出这几个字，柏舟感到心脏剧烈地跳动了几下，似有一种做贼心虚的感觉。

那你也早点睡。妻子快速地回复。

在高速路上，车速明显地加快了。柏舟看了一下表，十点多了，在这个深秋的夜晚，他要做一件终生难忘的事。

那天和关淑琴打过电话之后，他们就不太适应 QQ 交流了，写起来太慢。柏舟逐渐觉得电话能更快更完整地表达自己的心情。方便的时候，他会不由自主地给她打电话。有时候她工作忙，不方便接电话，他便 QQ 留言。他的留言都是大段大段的，在留言中，柏舟向关淑琴倾吐了二十多年前对她的爱慕之情，也诉说了这些年对她的思念。

这似乎是一封封迟到的情书。

而这，又引起了柏舟对往事的回忆。

从《关雎》开始，柏舟对关淑琴有了那种朦胧的情愫。在他犹豫不决、权衡利弊的时候，他知道了萑苇和关淑琴在书信往来。那个时候，萑苇已经从师范学校毕业，回到他们县的一所中学任教。柏舟便放弃了对关淑琴的所有想法。因为，他觉得自己无法和萑苇老师相提并论。柏舟后来了解到，萑苇实习的那学期，很是欣赏关淑琴的文学才华，也很看好关淑琴在诗歌上的前途，觉得她完全有可能成为舒婷那样的女诗人。

柏舟的心情很快平静下来。离校前夕，他还托同学捎给关淑琴一本诗集，并且让关淑琴给他写了毕业留言。

给关淑琴送诗集时，他写了一封颇有诀别意味的信，夹在书中。有这样几句：因为我们心灵共有的过去，我祝你成功；因为我心底曾泛起的七彩涟漪，我祝你成功；因为明天属于有志的青年，我祝你成功。

多年来，柏舟经常能想起那时候发出的豪言壮志，但如今呢？

对于二十多年前的往事，柏舟只能通过碎片的回忆来还原当时萌动的感情。在二十多年后的今天，人到中年，他竟然用QQ、微信、电话之类的现代通信工具，向关淑琴又一次表达了爱慕之心。与二十多年前不同的是，关淑琴这次并没有表现出排斥和反感。

科学缩短了距离。柏舟又一次想起《百年孤独》中的这句话。

那些天里，他们不分昼夜地打电话、发微信、聊QQ，话题不断。

有一天晚上，两人通话时，关淑琴说老公的电话打进来了，柏舟便挂了电话等她。过了一会儿，关淑琴说，咱们微信聊吧，如果他打电话，我总在通话中，他会起疑心的。

一个晚上，两人聊到十二点钟了，依旧兴致很高，柏舟觉得这会儿不会有电话了，便拨了关淑琴的电话。在电话里，他直奔主题，说我爱你，想你，想和你在一起。关淑琴说，我也想你。

两个人在电话里呢喃细语，说了许多情话。用一句流行语，都意淫了对方。

但到了天亮，柏舟又没有了去找关淑琴的勇气。通话时，尤其夜里，他们又以情话为主，似乎迫不及待地要见到对方，交织在一起。

如今，关淑琴来西城了，柏舟便想水到渠成。

车子下了高速公路，驶入这座省会城市。街道上的路灯变得璀璨夺目，高层楼房的轮廓在霓虹灯下闪烁不定，夜晚的城市比白天更迷人。柏舟脑海中全是关淑琴的影子以及她的音容笑貌。

前些天，关淑琴通过微信发给柏舟一张照片，是在一家酒店吃饭时别人帮助拍的。照片中的关淑琴雍容华贵，气质非凡，很是漂亮，完全出乎他的预料。在柏舟的印象中，关淑琴算不得美女，属于中等偏上的那种。面对柏舟的赞不绝口，关淑琴说，许多女同学见到她，都说她是巧长，比以前更漂亮了。

面对照片，柏舟并不否认关淑琴所说的巧长。记得在一篇鸡汤文章中看到这样的话，二十岁以前的相貌是父母给的，二十岁以后的相貌是自己给的。柏舟觉得这话还是有些道理的。

他们曾谈论过对夫妻出轨的看法。关淑琴说，老公的手机她从来不看，也不关心他有没有女性朋友，关系到了何种地步。只要他顾家，对家里人好就行。柏舟也谈过和妻子的关系很好，并且说自己这些年很自律，和女性没有工作之外的交往。他要求自己洁身自好，做一个完美无瑕的人。对此，关淑琴似乎很欣赏。

到了天鹅酒店外面的马路上，司机靠边停了车。柏舟走向宾馆的时候，想起一句话：幸福来得太突然。

街道上的车比白天少了许多。在这个天气渐凉的秋天，在夜里近十二点的时候，去约会一个心仪已久的女同学，柏舟的心情确实有点儿紧张。

到了宾馆的大厅外面，柏舟突然忐忑不安起来。透过巨大的玻璃门，他看到大厅的沙发上坐着一个保安，吧台前有几个人。他似乎一下子没了底气。

一件小事浮上心头。那天在老家的邻县采写一篇稿件，突然想到萑苇在这个县城，这是关淑琴告诉他的。于是他去找萑苇。

由于前些天和关淑琴常常谈到萑苇，在上次来这个县城时，他已经特意去拜访过这位曾经的老师。毕竟，当年这位老师也是很看重他的，也特别看好柏舟在文学上的前途。他们有共同的爱好，而且都想干出一番大事业。

这天，柏舟找到萑苇在县城的公司，萑苇妻子说他去市里办事，晚上可能回不来。

回到宾馆，柏舟写出当天采访稿子的一半，觉得有点儿累，便冲了澡，躺在床上给关淑琴发了个消息。随即，她的电话打过来了。他们聊了一会儿，她说，今晚上有事要办，就不聊天了，明天联系吧。

柏舟那夜谈兴很高，有很多感触，想对她讲，但人家不方便，他只好作罢。

那夜很是奇怪，柏舟进入睡眠状态只一会儿，也许是打了一个盹儿，随即清醒过来，怎么也睡不着了。翻来覆去，辗转反侧，就是没有睡意。这夜，他罕见地失眠了。

十二点钟的时候，他还是难以入睡，于是给关淑琴发了一个消息，但没有回复。无聊之极，柏舟拨了她的电话，但语音提示关机。

这下子他更睡不着了。关淑琴曾说过，她二十四小时开机，没有关机的习惯。今夜，她是怎么了？会不会有事？

那个夜晚，柏舟的头脑异常清醒，也异常亢奋。他一遍又一遍地微信刷屏，看朋友圈。但朋友圈寂静无声，没有谁会在这午夜时分发消息。他忍不住一遍又一遍地去看和关淑琴的聊天记录，直至天色微明，他才昏昏睡去。

醒来的时候，已经早上十点多了。柏舟照例在微信和 QQ 上遛了一圈，便给关淑琴拨电话。

电话通了，柏舟问，你在哪里呢？忙什么？

在家里，今天没有上班。她的声音软软的，有气无力的样子。

你昨晚是不是在外面？柏舟突然发问。连他自己也搞不清楚，怎么会冒出这么一句。

是在单位，你怎么知道？关淑琴显然有些惊讶。

你昨晚没有休息好？柏舟并没有接她的话题，而是凭直觉说出了自己的判断。

是的，昨夜闹肚子，害得我一夜没有休息好。

柏舟没有接她的话题，停了一会儿，说，萑苇昨天来市里了。

我知道，他来市里办事了，和我联系过。

柏舟没有再说什么，也不知道那天是怎样挂掉电话的。好些天里，他一直在思索那夜的事。她从不关机，也从不在单位过夜，但那夜却在外面，又关机了，那几天她丈夫似乎在外出差，巧的是萑苇那天去了市里。

那夜，她在干什么？

关淑琴说过她和萑苇长达四五年的恋情。当年，他们深陷爱情之中，萑苇因此而辞掉工作，来到她打工的这座南方城市，萑苇一边努力写诗，一边在一家杂志社做校对。而关淑琴在一个服装厂上班，也在寻求在诗歌上的突破。由于双方家长的反对，萑苇苦苦等待关淑琴在文学上能有突破，好借此说服父母，也可以借此拒绝父母的逼婚。四五年后，关淑琴一无所获，而且有点儿灰心丧气。于是，在他们打工的那座城市，两人逐渐冷淡，最后不辞而别。

如今久别重逢，而且各自都生活得不错，他们会不会重续旧情？

那夜，他们在激情之后，一定不会早早睡去，而会相拥着倾吐思念之情，等待激情的又一次来临……

至于关淑琴说的闹肚子，完全是借口，闹肚子也不会使手机关机呀。

从那天开始，柏舟打给关淑琴的电话逐渐减少，但每天还是会打一次的。他强迫自己不去想那夜的事，他劝慰自己，不关自己什么事。

一阵凉风吹过，柏舟不由自主地打了个寒战。想起关淑琴和其他同学交往的事，他起了疑心：她是不是在作风上比较随便？

关淑琴曾经讲过，她和另一位同学关系也很好，曾彻夜长谈。她到那位同学所在的城市办事，同学开车送她到火车站，时间还早，他们把车开到几公里外的环城大道上，停下车在里面谈话。那个同学这几年发展得不错。

柏舟知道这一切，是那会儿他打电话，关淑琴按了拒接键，一个小时后打过来，解释了一下。但柏舟却感到如鲠在喉。

这些事都让柏舟难以释怀。他知道自己是很挑剔的，似乎有洁癖。他从来不会随便勾引别的女人，他会想很多，这个女人的作风，她丈夫的作风，会不会由此而得病？自己会不会让妻子感到失望？

在许多次萌发找个情人念头的时候，柏舟都会踟蹰万分，念头由此而打消。他总结了一下，觉得主要原因是顾虑太多，其次是经济上的窘迫。他不想太放纵自己，万一出了事，脸面往哪搁？再说，如果要用钱，钱又在哪里？渐渐地，他没有了胆子，也少了欲望，他觉得自己患上了精神阳痿。

也许保安看到门外的这个男人徘徊不前，似乎有点儿鬼鬼祟祟，便站了起来，向门口走来。犹豫不决的柏舟只得离开这里。如果一旦决定进去，他将昂首阔步、气宇轩昂。不能让别人感到猥琐和贼眉鼠眼。

向前走了几步，在街头的一棵法国梧桐树下，柏舟停了下来。何去何从，他真的不能自已。

一片叶子落下来，砸在他的头上，又顺着他的脸落在地上，柏舟弯腰捡起来。这会儿，他想起了一位初中同学，她叫颜晓华。

刚升入初中一年级，柏舟发现班上有一位女同学，特别漂亮，鹅蛋形的脸庞，眼睛很大，清秀而妩媚。她穿一件粉蓝的上衣，个子高挑匀称，像宣传画中的女中学生。

到期中考试后，她的成绩突出，名列前茅。于是，她更引人注目。

那时候的柏舟，学习成绩不好，坐在后面的位子，常常偷偷地关注她。

初中毕业，她考取了县城一中，柏舟依然在那所中学上高中。

高中毕业回家后，柏舟听说颜晓华在一中复读。那个时候，他开始写些诗歌和小说，并且自我感觉良好，觉得她一定会垂青于他，在不久的将来会成为青年作家。想起往事，柏舟觉得自己在不知天高地厚的情况下，竟然给颜晓华写信了，在信中大谈文学和理想，真有点儿堂·吉诃德。

收到柏舟的信后，颜晓华回信了。在信中鼓励他继续努力，一定会有美好的明天。那会儿是元旦前夕，流行送明信片，柏舟送了什么图案记不清了，颜晓华回赠他的那张上面印着一大束怒放的鲜花。他又写了一封信，但没有收到她的回信。

柏舟终于冷静下来，不再给这位女同学写信。他分析了现状，自己已是农民，前途渺茫，而她是名列前茅的高中女生，极有可能进入高校。她的家庭是镇上有名的书香门第，父亲在外地工作。凡此种种，柏舟没有再打扰她。他们之间的差距太大了，用一句俗语，是癞蛤蟆想吃天鹅肉。

那年冬天，柏舟想念着她，如困兽一般，在感情的漩涡中挣扎。他每天写一首短诗，用同一个名字《心祭》，写了二十多首，最终停了下来。

对颜晓华的感情是在关淑琴之后迸发的。这份感情像一道闪电，虽然短暂，但是很耀眼。

春节来临之际，学校放了寒假。一天，柏舟到街道办事，在赶集的人流中，他和颜晓华相遇了。他不由自主地伸出手去，她也伸出手来，他和她第一次握手了。匆匆打了招呼之后，他们就分别了。近些年来，柏舟努力回忆那天究竟说了什么，但却什么也想不起了。

在后来的那几年，柏舟在家乡的街道走过，总会在他们握手的地方徘徊片刻，像是在刻舟求剑。那时候，他会想起一句唐诗：人面不知何处去，桃花依旧笑春风。

也是在那之后，柏舟常在心里叨念着一首诗：出其东门，有女如云。虽则如云，匪我思存。缟衣綦巾，聊乐我员……他觉得，此生除颜晓华之外，也许没有能让他真正心动的人了。即便再有，也难以和颜晓华相提并论。颜晓华在他的心里，如图腾般无法撼动。

柏舟斗胆给一个初中女同学写信，而他们仅仅是同学而已，其中原因很是偶然，那是他们初中毕业之后的一次邂逅。

柏舟到县城办事，正是法国梧桐落叶的深秋时节。抽空到新华书店去，这是他的习惯。翻看货架上的图书时，柏舟无意中看到不远处有一个亭亭玉立的少女身姿。经过她的身边，发现竟然是初中同学颜晓华，她正拿着一本小小的杂志《少女》在翻看，聚精会神，完全没有察觉到旁边有人经过。

《少女》是那时候发行量不大的一本青春小刊，柏舟也特别喜欢。

那些天柏舟正苦读《诗经》。不知什么原因，他并不喜欢《关雎》。见到颜晓华之后，他不由自主地想起“有女同车，颜如舜华”这句诗。

许多年后，柏舟和颜晓华微信聊天，谈起在书店见她的事，她浑然不知。柏舟记得很清楚，他在远处偷偷地看了她一会儿，就躲开了。他没有勇气和一个清纯漂亮得令人心颤的女同学打招呼，因为她太优秀了，是那样的出类拔萃。

这些年来，每次遇到和她相识的同学，柏舟都要拐弯抹角地打听她。后来，终于知道她在省城的一个单位工作。

上中学时，柏舟读过张扬的《第二次握手》，里面有这样一句话：作为我的精神寄托和信念的源泉，激发了我无穷无尽的美妙幻想。这是女主人公丁洁琼写给男主人公苏冠兰的一句话。这些年里，每次想到颜晓华，柏舟都会想起这句话。

颜晓华确是柏舟精神的寄托和信念的源泉。作为一个高考落榜者、一个打工者，在内心深处，柏舟总觉得在颜晓华面前低人一等。但是，她却让柏舟梦寐萦怀。在迷茫中，他常常因为想起颜晓华而幡然醒悟。

正因为如此，这些年来，柏舟一边写着行业内的报道，在那份杂志上以“本刊记者”的身份写那些调查报告、吹捧文章，以求得一碗饭吃。此外，他还深入研究经济领域的现象，写些有深度的分析文章，在行业内的大刊发表。他的目标是写出宋鸿兵《货币战争》那样的畅销书。

书拿到手之后，柏舟辗转打听到颜晓华的电话，先发了一个短信，做了自我介绍，之后给她寄了一本。他们互存了电话号码，加了微信和QQ。

柏舟从来不敢打电话给她。他的普通话说得不好，更重要的是，一想到她，就会不自觉地自卑。他怕打电话会严重损坏自己在颜晓华心中的印象，尽管这印象十分模糊。

印象模糊是颜晓华说的。柏舟寄书给她，颜晓华收到之后，说对柏舟没印象了。柏舟说，这有可能，毕竟近三十年了，而且那会儿柏舟毫不起眼。但内心却有些惭愧和伤感。

柏舟解释说，我的确是你的同学。再说，我没有什么恶意，这辈子我可能都不会主动去见你。我给能联系上的同学都寄书了，你是其中之一。

那些天，柏舟对颜晓华的这几句话思索很久。这符合她的性格，很直，不会花言巧语，在岁月流逝中没有变得世故和圆滑。柏舟因此而更敬重她。也曾把她和关淑琴作比较，那是纯粹的两种人。

上初中一年级，有同学写她名字时，在晓字上面多写了一点，柏舟记得她曾嘟囔道：都初一学生了，连晓字都不会写。

谈起这件往事，颜晓华说她忘了。他们聊起老师、同学，有很多话题。

一次聊天时，颜晓华在公交车上，写字不方便，使用了语音，是甜美标准的普通话。柏舟觉得，二人之间依旧有很大的鸿沟，他在她面前依旧没有自信。

柏舟在心中多次去比较这两位曾让他心动的女同学，觉得她们真的是两类人。

关淑琴在聊天中，时不时会谈到家庭和丈夫，总是讲他们如何恩爱、和谐。但谈到具体事件时，却很是含糊。曾说丈夫和朋友去玩儿，她不参与，给予充分的空间和自由。在男女关系上，只要她碰不到，就不会去在乎他的交往。丈夫对她亦是如此。

颜晓华则不是这样，她会对柏舟讲丈夫的毛病，会讲夫妻间的矛盾，似乎并不隐藏什么，很是直白。在柏舟看来，这才是真正的柴米油盐的夫妻生活，也说明她对自己的信任。柏舟曾问她，丈夫会不会查看她的手机，颜晓华说，我平时就随手放桌子上，并不上锁，他看也行，我没有秘密。

如果从容貌上比较，关淑琴和颜晓华不在一个层次。关淑琴属于平常女子，只不过会保养而已。颜晓华属于美女，她个子高挑，容颜姣好。

如果从人品上比较，且以小人之心度君子之腹吧，关淑琴值得怀疑，而颜晓华无懈可击。去年聊天时，颜晓华问起柏舟儿子高考录取情况，柏舟发了截图给她。后来说起，她说丈夫当时就在旁边，她把那截图给丈夫看了。

真是君子坦荡荡！

在街头徘徊良久，柏舟拿不准是否去见关淑琴，度过一个激情之夜。毕竟，她是曾令柏舟怦然心动的人。虽然青春不再，但如她所说，岁月面前，人人平等。

而此生，能否再见颜晓华一面，都是个未知数。虽然在同一个城市，但柏舟不愿冒昧打扰她。在踟蹰是否找个理由见她时，他会想起一句话：距离产生美感。他不愿打破心中坚守了二十多年的美好印象，尽管这是杞人忧天。

宽阔的街道两旁，造型别致的路灯发出璀璨的光芒，使这个城市变得妖娆。汽车像流水般滑过，错落有致的大楼上，依楼体轮廓做出的霓虹灯在闪烁，前面不远的广场上还有人影在晃动，喷泉喷出的水柱有多种造型。这一切，都给城市带来了无限生机。

心灵如雪域般纯净、性情如阳光般爽朗的颜晓华，在柏舟的心灵深处强有力地占据着一个位置，他不得不停下迈向关淑琴的脚步。

那年他读《红楼梦》的时候，读到贾宝玉悼念晴雯的《芙蓉女儿诔》，觉得有几句话真是绝唱。抛开那种氛围，把这几句话用到颜晓华身上，再恰当不过了：其为质则金玉不足喻其贵，其为性则冰雪不足喻其洁，其为神则星日不足喻其精，其为貌则花月不足喻其色。

在柏舟的记忆和近年的交往中，颜晓华完全可以胜任这种比喻。

在这个夜晚，柏舟徘徊在街头，心中踟蹰，真不知何去何从。

关淑琴的音容笑貌吸引着他，她的善解人意、她的热情开朗，给予了他无限的温暖。二十多年前，他暗恋她，今夜，该不该去会她？

颜晓华的面容又浮现在眼前。在她的眼里，柏舟是阳光的、积极的，也是博学多才的。她尊重的，是他的正面形象。

柏舟曾要求颜晓华发照片。后来，她陆续发来几张近照，依旧美丽动人，沉稳端庄，并没有因为岁月的风霜而憔悴。看着她的照片，人到中年的柏舟依然激动不已。

如果上楼去，今夜就是良宵，也许会刻骨铭心一辈子。但柏舟觉得，如果今夜迈出这一步，他一辈子都会良心不安，自责内疚，失去自信的。以后和颜晓华往来时，他会底气不足，会因为自己的龌龊而内心不安。

回家去吧。柏舟在心里对自己说。

从现在起，要远离龌龊，做一个高尚的人，一个纯粹的人，一个堂堂正正的人。面朝大海，春暖花开。

柏舟回望了酒店一眼，迈开脚步，向家的方向走去。他感到脚步轻盈，仿佛长了翅膀，一身轻松。

车流变得稀疏了许多。过十字路口的时候，也没有多少车辆。

柏舟有了想飞的感觉。

小区外的卤肉店还在营业。老板站在柜台外面，也许马上就要关门了。柏舟是这里的常客，在许多个夜晚，他会到这里来，花三十元钱，买一份卤猪心和一份花生米，提回去下酒。

由于是熟客，老板把猪心切得很薄，还要切一个青辣椒当佐料，并用调料拌好。柏舟把这两样东西带回家，倒进碟子里，拿出一瓶二锅头，坐在沙发上，一边看经济频道，一边自斟自饮。

柏舟走向卤肉店，依旧要了那两样东西。老板很热情，深夜了还有顾客上门，这让他高兴。仔细切好，用塑料袋装了，柏舟付了钱，连说几声谢谢，老板也很客气。

今晚要祝贺一下，柏舟在心里想。在这个充满欲望的社会里，我战胜了自己。

走进黑黢黢的楼道，柏舟有点儿害怕。他想起一个名声不太好的人物：甫志高。《红岩》中，甫志高在一个雨夜腋下夹一包牛肉回家，然后就被捕了。柏舟在许多个夜晚，摸黑回家时，总能想起这个细节，也总是担心自己遭遇什么不测。

正当柏舟走到家门前要开门时，门却怎么也打不开。柏舟怀疑是不是走错了楼层，打开手机的手电筒照了照，并没有错。里面似乎反锁了，柏舟知道他家偶尔也有这种习惯。在这个低档次的小区，一切都有些混乱。再说，他住的是一套二手房，虽然在三楼，但不是很理想。柏舟曾渴望有朝一日发达了，能搬离这个地方。

柏舟最终确定，门是毫无疑问地反锁了，便开始给妻子打电话。除此之外，他进不了家门。

一连拨了好几遍，妻子才接上电话。柏舟说，我在门外呢，从那边回来了。

妻子的声音很清晰地传来，怎么，你回来了？是真的吗？

是的，我就在门外。你是不是把门反锁了，我进不了家门。

你是怎么回来的？

柏舟有些烦了，但还是忍住了说是人家送我回来的，你先把门开了。

等一等，我把衣服穿上。妻子说着挂了电话。

穿啥衣服呢。柏舟忍不住嘟囔着。

好一会儿，妻子开了房门。柏舟进了房子，看到妻子穿戴整齐。他有些不解，十二点多了，开个门，有这种必要吗？

柏舟随即打开客厅的灯，来到沙发前，把手里的东西放到茶几上，到厨房去拿碟子。

妻子说，都这会儿了，你还吃吗？还要喝酒？

下午没有喝好，这会儿想喝呢。柏舟有个感觉，自己是个酒鬼，和孔乙己一样的酒鬼。在许多个夜晚，他都要喝上半斤开外的白酒，才能酣然入睡。

妻子明显地不高兴了，她的脸上有了厌恶之色。

你在外面喝酒，让我在里面怎么睡觉？

把卧室门关上，你先睡吧。柏舟有些小心翼翼，赔着笑脸。

走，咱睡觉吧。妻子突然变得温柔起来。

柏舟有点儿犹豫不决。今夜，他真的想喝酒了。在这个充满欲望的社会里，他恪守了自己的清白，他的内心深处坦荡如涤。

我要祝贺自己。他在心里说。当然，让他拒绝诱惑的原因，是二十多年没有谋面的颜晓华。内心深处，可能还有他爱着的妻子。毕竟，两人要白头到老，生死不离。

妻子拉住他的手，从另一个手里拿掉酒瓶，柔声对柏舟说，咱睡觉吧，明天早上我陪你喝。

你睡吧，今夜我真的想喝酒。在这个时候，柏舟的头脑异常清醒，甚至有点儿亢奋。

把菜倒进碟子，在沙发上坐下来，给自己斟满酒，柏舟开始喝起来。

在许多个夜晚，柏舟都是这个样子，坐在沙发上慢慢喝酒。妻子让他到餐桌去喝，但他不愿意去。在餐桌上喝酒，得有对手。在茶几上喝酒，是一种随意小酌，随心所欲，无拘无束。

你睡去吧。柏舟对站在旁边的妻子说。

这个时候，他看到客厅的落地窗帘动了动。

窗帘动了，是不是窗子没有关好？柏舟说着站了起来。

是没有关窗子，让风吹进来，屋里清爽些。

妻子挡住柏舟，拉他坐下来，也随之坐在沙发上。

我陪你喝吧。妻子拿出酒杯，给自己倒满一杯。来，碰一下。

柏舟看了看她，她的脸上很平静，没有喜悦，也没有恼怒。柏舟知道她能喝酒，酒量可以，但平时不太喝。柏舟喝酒的时候，她也没有陪过，除非节日，两口子才对饮，但多是喝红酒。

他们开始碰着喝。但是，柏舟的心情并没有喜悦。老实说，他对那窗帘后面起了疑心。

柏舟的妻子是他的小学同学，后来，她家搬走了，他们便很长时间没有见过面。在柏舟上高中时，她转回老家上学，在另一个班里，可两人并不十分熟络。落榜后，经过几年奋斗，柏舟看到理想遥远，开始务实，经人说媒，他们结婚了。

妻子也是个有上进心的人。在柏舟之后，她也报了电大，学的是财务会计专业，取得了专业会计师职称，这些年在企业当会计。

结婚近二十年了，柏舟对妻子还是比较了解的。她性格温柔，对丈夫体贴照顾，对孩子尽心尽责，工作能力也很强。他们在城市打拼十多年后，终于买下了属于自己的楼房。去年，儿子以优异的成绩，被一所重点大学录取。如今，家里只剩下他们二人。

这些年来，柏舟能在这个纷乱的社会中洁身自好，在许多个灯红酒绿、纸醉金迷的场合抽身而退，他觉得得益于妻子对他的爱，得益于夫妻间的感情很好。即使会做得天衣无缝，即使她不会发现，柏舟也不会去做，他要对得住自己的良心，他不愿自己有负罪感。

柏舟知道，在眼下的社会，不熟悉的人在一起吃饭，留下电话号码，甚至添加了QQ和微信好友，都是很寻常的事。

男人是一种动物性很强的个体，理性的时候，会做出感天动地的壮举。而某些人，在某些时候，会露出动物的本性的。衣冠楚楚的外表下面，也许隐藏着许多为人所不齿的事。

因为有这样的观念作祟，柏舟对混乱的男女关系深恶痛绝。对颜晓华，他只有欣赏和爱慕，不敢有非分之想。有时候他觉得，柏拉图式的精神恋爱也很不错，喜欢一个人，对方名花有主，又何必去伤害那么多的人呢？只要心灵相通，遥望对方，知道彼此安康，就心满意足了。

喝着酒，柏舟打开手机下载的一段视频，是朱昌耀二胡独奏的《葬花吟》。乐曲响起，柏舟觉得，自己葬的不是花，而是逝去的青春，是虚无缥缈的爱情。

柏舟对妻子还是特别信任的，但去年的一件事，却让他变得疑神疑鬼起来。

那天他从一家宾馆门前走过，见到妻子刚好从宾馆里出来，他们同时看到了对方，彼此有些意外。

妻子解释说，她们公司准备筹备一次会议，她来联系会议室之类。

随便说了几句，柏舟就离开了。走了几步之后，他不由得回头去看，发现妻子钻进了一辆车，是一辆刚开出停车场的白色本田越野车。

那车上了街道，加速离去，柏舟在原地呆立了好久才离开。

又一个夜晚，伯舟久久不见妻子回来，她的手机也关机了。她曾说过下午单位有招待会，但十点多了，天黑了好一会儿了，柏舟不由得心烦意乱，于是出了小区，在街头张望，等待妻子归来。

后来，他看到妻子从一辆东风本田越野车上下来了，她径直向小区里面走去。柏舟站在街边的暗影里，记下了那辆车的牌照号码。

妻子走了一段，发现了身后跟着的柏舟。两人一言不发，悄然回到家里。

进门之后，柏舟冷冷地问，送你的那个人是谁？

妻子表现得很镇静，她说，是单位的一个领导。

柏舟说，领导这会儿亲自送你？

送送有什么不可以的？再说，人家也是顺路。

柏舟哑然无言。但他知道，这和那天在宾馆门口看到的是同一辆车。

从那些天开始，柏舟发现妻子有诸多的不正常。她的手机，总是放在目光所及的地方。如果她去厨房做饭，总是把微信退出。柏舟曾偷偷地试图查看，但她的手机屏幕锁变了，他无法进入。

柏舟有一种直觉，妻子跟以前不一样了，她的许多事变得很神秘。

妻子好合，如鼓瑟琴。这是柏舟向往的一种生活，为此，他压抑了自己的许多欲望。可是，这种生活有吗？

后来，柏舟向妻子单位的一位同事打听，他们单位并没有人开那样一辆车。

一次，柏舟在一个度假村外发现了那辆车。他给妻子打电话，妻子说在外面，和同事在一起。说着便挂断了电话。

柏舟想进里面去找，但知道也许找不见，还会引起误会。思索片刻，他走到那辆车的旁边，掏出腰间的钥匙，用一个尖钥匙从车身狠狠地划过。

柏舟快速地离开了，他怕那人出来看到。他没有勇气去面对妻子和那人一块走出来的现实。

柏舟喝很慢，甚至比平时还慢。他几乎是呆坐着。妻子不停地催促他，或是去睡觉，或是碰杯。

今夜，屋子里有一种莫名其妙的暧昧气氛，这让柏舟变得心神不定。他想知道真相，又怕知道真相。

他俩时不时碰一下杯。没有话语，没有激情，仿佛是一种惯性动作。

眼前的手机视频上，依然是朱昌耀的《葬花吟》。在那如泣如诉的旋律中，柏舟的心情变得伤感沉重。

灯光昏黄，柏舟一杯又一杯地咽下这有些苦涩的液体。许多次他并没有和妻子碰杯，他知道在喝酒上，她不是自己的对手。

妻子有些生气，她也独自去喝，仿佛赌气了。柏舟抓起酒瓶，把剩下的酒全部灌入口中。

妻子扭头坐在一旁，一声不吭。柏舟点上一支烟吸起来。

柏舟平时不吸烟，甚至很反感。尤其在火车上，在有女人的酒桌上，他极讨厌那些拿吸烟来装腔作势的人。

前几天，柏舟在颜晓华的QQ主页上看到何训田的《春歌》，这是颜晓华常听的乐曲。柏舟点开链接，手机里传出低沉的乐音，似有禅意。

春有百花秋有月

夏有凉风冬有雪

若无闲事挂心头

便是人间好时节

我的日子是人间的好时节吗？柏舟问自己。

他对颜晓华说，我喜欢你空间那带有禅意的《春歌》。

颜晓华说，我原来特喜欢《云水禅心》《琵琶语》，养心。

柏舟说，我也常听这两首曲子。朱昌耀的《葬花吟》特好。

她说，我以前挺喜欢的，现在不想听了，太伤感。

柏舟说，确是伤感，但我很喜欢，我是葬青春吧，所以有同感。

过了一会儿，颜晓华发来这样一句话，我觉得你挺不错的。你这样说，那我们算怎么回事？不是也一样吗？真觉得是浪费时间了。

柏舟说，我常常会想起李商隐的《锦瑟》。

不要想太多，我们都是普通人。颜晓华说。

是的，我们都是普通人。

柏舟感到晕得厉害，他想躺一会儿。于是，不由自主地顺着沙发倒了下去。

要睡就到卧室去睡。

柏舟听得出来，妻子的声音有些厌恶。

柏舟一声不吭。

猛然吸入的一口烟使得他的咽喉一阵发痒，一阵恶心，他控制不住自己，一股脑地吐了出来。

抬起头来，他看到妻子皱着眉头，站在不远处看着他。那表情，像看一个怪物。

起来，到卧室去睡，我来打扫一下。妻子的声音低沉，但绝对有力。

柏舟没有理她。

起来，到卧室去睡。

柏舟依然没有理她。

听见了没有！她咆哮起来。

不用你管！柏舟也强硬地说。

他们的声音都大了起来，柏舟发怒了，吼道：不用你管，我今晚就睡沙发。明早我自己打扫。

面对柏舟的怒吼，妻子沉寂了下来。

柏舟头朝门，面对着阳台，就这样躺着。

他不时地睁开眼睛，看到妻子在地上走动，如热锅上的蚂蚁。

迷迷糊糊中，柏舟听到窗外传来“砰”的一声，似乎有什么重物落到地上。在这个寂静的夜晚，那声响略显沉闷。

柏舟是被一阵警笛声惊醒的。那时候天色微明，窗帘的缝隙中有晨曦射入。他知道，后半夜确是睡着了。

他并没有理会什么警笛，由它鸣叫吧。他头晕得厉害，随即又进入了梦乡。

柏舟再次被惊醒是因为手机铃声，是住在另一个单元的老乡打来的。

你在家吗？你们那个单元的楼下死了一个人，看样子是从楼上掉下来的……

我在家，我从昨天到现在一直在家。说完这句话，柏舟就挂了电话。

放下手机的瞬间，柏舟看到有一条微信消息，点开一看，是关淑琴发来的：你没有回来吧？昨夜警察查房。怪事，这些年在外出差，没碰到过，差点儿中了头彩。后面是两个表情符号，一个是冷汗，一个是偷笑。

乡村画家

我一直缠着母亲，让她带我去看画家画画，但母亲总有干不完的农活，没有时间带我去。为此，我耿耿于怀。

画家在我们村子另一个生产队里，距离我家不远，向西有一华里路吧。我很想去看他画画，但胆子小，不敢去，想让母亲领着，给我壮胆。

我们村上的大人小孩儿，都在传说这个叫兆林的青年人，说他画画得特好，画出来的鸟儿跟活的一样，画出来的姑娘比真人还漂亮。每天都有这样的消息传进我的耳朵，搞得我寝食难安，魂不守舍。有许多人相约去看兆林画画，他都不厌其烦，把自己的作品拿出来展示给人们，惹得众人啧啧称赞。而且，兆林让人们拿来连环画册，他可以从里面照着画，把原画放大到十六开或八开纸上，当作画贴在墙上。只要给兆林提供了连环画的人家，作为回报，都得到了兆林的一张画。

终于，母亲抽出时间，带我去兆林家里，找他看画。

那是个深秋的下午，家里暂时没有什么农活，在我万般纠缠之下，母亲终于带我去兆林家看画。

村道上三三两两地站着妇女和老人，旁边是嬉戏笑闹着的小孩子，母亲一路和别人打着招呼，有时候还停下来说两句。我总是不停地催促母亲，让她抓紧时间。那会儿天空湛蓝，浮云若有若无，天际寥廓，一行大雁从天空飞过，向东南方向飞去。村庄里的树上，叶子已经落完，光秃秃的。房前屋后的白杨树挺拔英俊，涝池边的柳树婀娜多姿，生产队的场里有或大或小的柴火堆，路边的田野里麦苗碧绿，这一切看上去那么美好。

兆林家在一处地坑院子里。这里的地坑，是在平地上挖一个大坑，在坑的周围挖出窑洞，人就生活在窑洞里面。

许多年后，虽然我没有成为画家，但我知道，我对画画的喜爱，是从这一天开始的。

兆林在家，他虽然独自一个人住一孔窑洞，但窑后堆满杂物。他的父母在院子里干活，和我的母亲打过招呼之后，兆林母亲把我们领到兆林住的窑洞，又寒暄几句，退了出去。

母亲的理由当然是由我说起。虽然几十年过去了，但第一次见到兆林的印象，却深深地印在我的脑海里，难以抹去。

兆林站在窑洞里的地上，瘦高个儿，衣着很普通，和村子里的农民没什么两样，脸也很瘦，头发有点儿长。兆林很客气，或者说，是很和气，这让我不安的心情慢慢平复了下来。兆林笑着对我说，自己来就行了，还要大人领着？咱们一个村子里的，又不陌生。

兆林说完，从炕旁边的桌子上拿过一沓纸，母亲伸手去接，嘴里说着恭维的话语：画得太好了，画得太好了……我忙伸手去要，母亲叮嘱我：拿好！

我和母亲一张一张地看着兆林的画，我心里激起一阵阵狂澜，画得太好了，跟真的一样！眼前这个瘦弱的高个子青年为什么会有这么大的本事呢？我觉得他有些神秘。

我一遍又一遍地翻看兆林的作品。母亲和兆林在交谈，我发现窑洞的墙壁上贴着更多的画，还有老虎之类，和人家墙上的年画差不多大小。

从那天之后，有图案的东西，我们都拿到兆林家去，让他照着画。记得他曾经把我的一本小人书《女篮五号》搞丢了。

许多个周末，我都要往兆林家里去，或拿书给他，或去他那里要回自己的书。并不是我很热心，要为他提供帮助，而是兆林精湛的画技和那些漂亮的画吸引着我。

那年冬天，兆林送给我一张他的画，是一只上山的老虎。画面正中是一只回首的猛虎，张着大嘴，很是威严，爪下是岩石，岩石缝里有几丛青草，旁边有高大的松树，画面空处有圆圆的明月。

这种画面我陆续见过多次，大都是一些人家的中堂画。兆林送我的这幅画，对我来说，有着至关重要的意义。因为那幅画，我开始学习绘画。但是，在绘画上，我明显天赋不足，努力不够，终无所成。当然，这是后话。

寒假里，我在家里的土炕上，照着兆林送给我的老虎画个不停。那会儿，那张老虎图被母亲用图钉钉住四角，贴在炕对面的窑壁上。一昂头，看得真切，便于具体操作。

不试不知道，一试，全家人发现我居然也有绘画天赋。

其实，在此之前，我已和颜料打过交道。刚记事那会儿，我发现家里有一盒牙膏状的东西，比牙膏要小许多。拧开盖子，挤出来之后，颜色各不相同，便在门板上乱挤乱涂。被父母看到之后，说我浪费了。那颜料是父亲的，那会儿他在一所中学教书。

发现我有绘画天赋之后的一个夏天，父亲开始系统地教我学习绘画，那年我大约上小学四年级。其实父亲也不怎么懂绘画，但他有些美术知识。父亲给我订了一个白纸本子，又找了几本书，那些书上面有人物头像，父亲把人物头像用正方形线条圈起来，又把正方形分成十等份，搞成小方格。这样，人物的什么部位位于哪个小方格，都一目了然。之后，父亲在白纸上也搞出相似的方格，但这个方格要比图上的方格大得多。父亲教我按比例放大原图，并说这个叫比例尺。那个夏天，我几乎是每天画一张，这是我学习绘画最认真的一次。大约从那时候起，我觉得兆林的路子是野路子，虽然画得好，但如果我努力学习，实现父亲对我的期望，考入专业的美术学院，会比他好得多。因为，兆林那时候是个农村青年，据我了解，他大约是初中毕业。他绘画全凭天赋，没有老师指导，是照着别人的去画。后来，我知道那叫临摹。

那些年我的绘画水平毫无起色，一阵热情过后，我并没有坚持下去，这种秉性终生伴随，最终一事无成。父亲曾说我干啥都是三天热情。画没学成，不知什么时候学了一个词语解释：图上比例比实际距离叫比例尺。

我和兆林再次近距离接触，是在不久后我升入镇上的初级中学。

小镇的街道略显冷清，街上的商店是国营的，里面物品齐全，摆放整齐，营业员表情刻板、严肃，对我们这些在午饭时候来逛商店的孩子冷眼相待，但我们依旧每隔几天去街上一次，角角落落都不放过。

在那前后，我发现街道上开了一家玻璃工艺店。不逢集的时候，没有完成的作品靠在外面，让太阳去晒上面的油漆。有刚完成的，也放在外面，招揽顾客，起到广告的作用。我们凑上前去，用好奇的目光打探，发现老板是我的同村人兆林。于是，我和兆林走得更近了。

兆林的小店是一套铁皮房子，立在街道较中心的位置。里面的墙上不但挂着玻璃牌匾，还挂着他的绘画，有大有小，彩色的黑白的都有。兆林很热情，和我们聊起很多。他说，他现在画得少了，那些东西是虚的，不来钱，只有能挣到钱，才是实的。我们一想，这话也许是对的。

许多个下午，我从学校到兆林的铁皮房里看兆林画玻璃牌。来人多的时候，他总是干些别的，只有在人少的时候，他才用排笔蘸着或红或绿的油漆，在玻璃上乱戳一气。我看着杂乱无章，但改天见到，却是一幅漂亮的风景画。

那天下午，兆林有些兴奋，指着一幅刚完成的作品问我们：这是我为一个客户放大的照片，你们觉得怎么样？

那是一幅画在16开道林纸上的老人画像。画像从画板上还没有取下来，左上角还用夹子夹着一张二吋黑白照片，照片有些破旧，一看就知道有些年头了，比上面的老人还显得苍老。

像！真像！我和同学不由赞叹。

这张照片，只有我能把它放大，照相馆都不行。兆林很自豪。这张放大照片，那人给我二十元。

我不由得咋舌了。那会儿，我上学背着馍馍，花钱买水票，一分钱一搪瓷缸子，不分缸子大小。父亲每周给我二角钱作为零花钱。二十元，真是一笔巨款。

我又开始对绘画产生兴趣。还有一个原因，我遇到了一个真正的美术老师，他会画画，会写毛笔字，也有理论基础。许多年后，这位姓王的美术老师给我们讲课的情境仍然历历在目，他对有些画家的介绍令我终生难忘。“鲁本斯的作品以表现强烈的运动和旺盛的生命力为特征，笔法流畅，线条丰满……朱耷是明王朝的宗室，明亡后出家为僧……”当然，这些并没有让我成为一位画家，但出乎意料，我成了一个没有多大成就的作家，因为我的记忆力比较好。

兆林在街道上的生意做得很好。那一时期，街道有门店开业，农村有人家儿子结婚，别人去祝贺时，都会拿一块玻璃牌匾的山水画或风景画作为贺礼。有些人家一场红事或白事完毕，会收到几十面大小不一的牌匾，墙上都挂不过来。

兆林整天笑呵呵的。逢集的时候，他就接待顾客，还接受预订，预订可以由客户定尺寸和内容。兆林用毛笔蘸着黄色广告色，在牌匾上替客人写下“恭贺×先生为儿子××和儿媳××完婚之喜”之类的内容，并在另一边写上赠送者的姓名，这桩生意才算完成。那一时期，兆林经常在旧报纸上练字。但他的字，总让人感觉有些别扭。

我经常到兆林那个铁皮房子里去。兆林把房子分成两部分，外面约四分之三的部分用于营业，里面剩下的部分用于住宿，还有简单的灶具。每当天冷时节或阴雨天气，兆林就在里面做饭，其他时候，他在门口的炉子上做饭。炉子低矮，连着一个鼓风机。我多次见到，他生火的时候，一阵浓烟在鼓风机的猛吹下变成火苗，火苗舔着锅底，兆林胳膊上搭着扯长的面条，往锅里揪面片。每当这时候，吃开水泡馍的我就忍不住地咽口水。

我和同学的一致看法是兆林比我们美术老师画得像，尤其是画照片。但兆林的字写得比美术老师差远了，他的字，比小学生写得好那么一点儿。后来有个高年级的同学说，兆林是画匠，只会画人物和动物，素描不像素描，速写不像速写。教美术的王老师，画的素描是素描，速写是速写。而且，王老师会画水粉画，也会画国画，还会画油画，画什么是什么。当时我有些不服气，但随着对王老师美术课的学习，尤其是元旦画展的举办，我对王老师有了更进一步的了解，这个不苟言笑的王老师确实有些能力。

画展上，王老师的作品特别抢眼。我终于觉得，兆林虽然画得好，但和王老师相比，他肯定要逊色许多。王老师毛笔字也相当不错。那时虽然印象不是太深，但前几年见过他为另一同学写的一组四条屏，是范仲淹的《岳阳楼记》，隶书，看起来特别漂亮。于是，我产生了向王老师讨要一幅书法作品的念头。

虽然整体感觉王老师要比兆林画得好，但我和王老师不是很熟悉，王老师的作品平日里也很难见到。兆林的作品，就挂在他的门店里，他和我又是同村，是很容易见到的。

一次，我得到一串折叠日历，十二页，下面用四分之一印着日历。上面是当红的女明星。也许我算得上一个情种，小小年纪便喜欢上了里面的一个女演员，她显得要比别人漂亮。我拿着这串漂亮演员日历，产生了一个强烈的愿望：把那位女演员的照片画下来，画在十六开纸上。我准备了好几种铅笔，又到高年级同学那里买了一张素描纸，准备开工。素描纸那会刚出现，那位同学家在县城。那张纸花了我一角钱，虽然有点儿贵，但我毫不犹豫。

我把这一次“大投资”看得很重要。如果画得还不错，我就打算万一以后学无所成，不妨走兆林的路子，开门店，卖玻璃牌匾，给人家画像，好歹挣碗饭吃。

那个周末，我耗费了一整天时间。画完之后，自我感觉有点儿像，但又不完全像。再三比较，我明白是外形相似，神韵大相径庭。

无奈之下，我决定把原照片送给兆林，让他去画，画成之后，再想办法搞过来。

于是，我拿着那串日历去找了兆林，我旁敲侧击，鼓动兆林去画，兆林很平淡地说，有时间了画吧。那天，在他那儿，我见到了一个年轻姑娘，二十出头，在兆林的里间做饭。看得出，她不是顾客。

我去兆林的店里次数增多，对兆林，我也更加关注。那个年轻漂亮的姑娘，我曾多次在兆林那里见到。听同学说，她在一个理发店当学徒，现在，和兆林谈起了对象。

有一天，我和几个同学在街道上转悠，有人说，那个卖玻璃牌的人也画画，我们可以让他捎着买素描纸。我如梦初醒，我们去找了兆林，让他代购些美术用品，他答应了。

我依旧在闲余的时间去兆林那里，因为我们村在街道做生意的仅兆林一个人。兆林性格又好，对人总是不愠不火，我们村上人来街道办事，总喜欢把自行车之类的东西寄存在这里，兆林不收一分一厘钱。

我去兆林那里，曾看到他替人家裁玻璃。兆林说，生意并不好做，裁这烂怂玻璃，麻烦，又不挣钱。

那年冬天，快过年的时候，兆林结婚了，新娘是那个经常去他店里的姑娘。我听别人说，那个姑娘叫秋娥。

初中还没有毕业，我就不想上学了。我一直想着跟兆林学画玻璃牌匾，但父亲不同意我辍学，他说，先把初中念完再说。

时间过得很快，马上就到了毕业的季节。那时，同学们都很浮躁，而我，早就等着这一天。老师知道我们几个上高中无望，也不怎么管。于是，我们整日在街道晃来晃去。其中，有街上住的同学，听到了许多街面上的小道消息，讲给我们听，刺激中不由得兴奋异常。

其中，关于兆林媳妇的消息，就让我心中莫名其妙，惊讶，震惊，都不尽然。

一天，我们几个在街上走过，远远听到有人在兆林门口大声说话，走近了，我们发现是不远处照相馆的小伙子。那小伙子体格粗壮，个头倒和兆林差不多，但一脸凶相，我们都有些怕他。有人说，那小伙子是个混混。

听不到兆林说什么，只听得那小伙子说，你还有脸来问我，你咋不问你媳妇?

后来，我们终于知道了事情的真相。

那个叫秋娥的女人风骚时髦，并不同于普通女人。和兆林结婚那年，兆林已经帮助她在不远处开了一个小小的理发店。

秋娥看得上兆林，是觉得兆林有本事，会画画，会把女人画得像照片上的一样。而且，兆林的画玻璃牌匾手艺，全街道仅此一家，是独门生意。但是，任何时候，尤其是小生意，如果别人都看到你生意好，那么，你离生意不好也就不远了。

就在那年冬天，街道上又开了一家玻璃工艺店，是一个外地小伙开的。他的价格比兆林低，很快，抢走了兆林的许多客户。过了几年，我听别人说起，玻璃牌匾画起来并不复杂，几乎可以批量生产。一排摆好四五片玻璃，端一瓶油漆，拿一支排笔，画边时挨个画边，画溪水时挨个画溪水，画树杆时挨个画树杆……一个上午，能画四五面，特别快。而且，各类培训学校层出不穷。在邻县，有个玻璃工艺店老板，大量招收外县学徒。那个抢兆林生意的小伙子，就是花500元在邻县学的。

秋娥看上兆林，是因为兆林为她画过一幅照片，把她的二吋照片放大到了一张素描纸上，并加了边框。这一点，让秋娥动了心。

旁边照相馆那小伙子，偶然发现这镇子上没有照相馆，便来这里租了房子，成了街道上的个体户。

秋娥和这个叫文莱的小伙子是邻居，没有生意的时候便去那里，看文莱给别人照相。她发现，照相机要比画画高级得多了，而且这个照相的就在眼前，并不神秘。甚至，他要比兆林更有人情味。因为有时候，他会免费为秋娥照相。

文莱曾是个混混，有段时间无所事事。他家境很好，父亲在某单位工作，叔父在县农工商公司的照相馆上班，文莱常去他那里玩，不久就学会照相和冲洗照片了。家里看文莱无事，便帮他买了一台旧照相机，叔父又出钱给他买了些耗材，于是，他的照相馆便开业了。

文莱给秋娥照相，是因为一张底片快要用完了，又有人急着用相片，他便给秋娥照了，晚上好冲洗照片。因为是随意照，和别人证件照不同，于是，摆出独特造型，冲洗出来，效果倒是出奇好。也因为秋娥漂亮，她的照片有好几张被文莱挂在墙上当广告招揽顾客。

一次兆林回家，帮家里收庄稼，晚上秋娥去看文莱冲洗照片，照片特别成功，两人都很兴奋，那一夜，秋娥没有回去。

时间久了，兆林便发现苗头不对。一次他干完活儿，到理发店找秋娥，里面没有人。他到旁边照相馆去找，故意悄无声息，进了里间屋子，发现文莱和秋娥抱在一起。

兆林说，不要脸，真不要脸。秋娥和文莱分开后，跑回自己的理发馆。文莱一声不吭，没有一丝愧疚之色。

兆林和媳妇走后，文莱想到事情不妙，他怕秋娥说出真相，便来到兆林铁皮房门口，对兆林说，我们没有干啥事，你不要想太多。他是希望秋娥听得出他的意思。兆林看到文莱竟然到自己门口来辩解，有些生气，大声说，你还有脸来我门口讲理……

那一幕，正好被我看到了。

兆林并没有和文莱理论。他知道，这种事没法说得清。秋娥表面上和文莱没再接触，在那边开着自己的理发店，但我听说，从那以后，兆林和秋娥关系淡漠了。许多年后，我和兆林谈起，他说，那会儿自己较真，追着问，问清了真相。

此后，秋娥多待在自己的理发店里。虽然理屈，但她并不想向兆林低头。她觉得，有男人对自己有意思，并不是坏事。

一次，兆林看到一个男人进了秋娥的理发店，这个人张嘴就向开门店的要这要那，而且说话下流。他发现那人最大的特点是流里流气，就特别反感。

兆林久等不见那人出来，如果理发，也早该结束了。他装作有事，去了媳妇的理发店。

那人没有理发，坐在旁边的一把椅子上，坐得歪歪斜斜，脸上满是嬉笑之色，正对秋娥说着什么。看到兆林进来，反客为主，张口说道，我知道你是个小炉匠，看我和你媳妇说话，忙过来看看。你看见了，我没有干啥坏事。

兆林看看他，没有吭声，只是笑了笑。他知道，自己的笑，绝对是皮笑肉不笑。

晚上，兆林对秋娥说，你不要和那些不三不四的人往来。咱在街道，得顾着点名声，声誉坏了，咋在街上混?

秋娥说，我怎么了？人家来了，我总不能赶人家走。

兆林说，他说的那是啥话嘛，那样难听，你倒听得舒服的，也不给他点儿脸色。

秋娥说，他说他的，我又不跟着他说。

兆林看到两人说不到一块，便不再作声。

两人关系不冷不热，终有一天，发生了一件事，这件事改变了兆林。

家里庄稼不少，父母年迈，收种季节，兆林得不断回家帮忙。那天中午，集散之后，兆林对妻子说回去干活，晚上不回镇上。回家之后，父亲对农活另有安排，天刚黑便干完了。兆林本不想上街，但后来想，还是回镇上为好，一则门店安全是大事，二则，他对媳妇的人品不太放心，想考验一下。

到街口，去一个商店买包烟，店主是个算得上亲戚的人。两人拉了些生意上的闲话，聊得投机，兆林心想，回去也就是个睡觉。于是，聊到月亮上来，街上门店全关了灯，他才回到自己店里。

店门紧闭，他看到门上挂着锁子。媳妇去哪儿了呢？他来到媳妇的理发店，他知道那里面没有床，睡不了人。果不其然，那个门也锁着。秋娥去了哪里？他回到铁皮房中，百思不得其解。

很久难以入眠。好一会儿，他听到有人敲门，便屏声静气，他想知道今夜是谁敲门。

那人久久不愿离去，脚步声在门外时断时续。兆林悄悄下床，撩起窗帘一角，月光如银，洒了一地，也洒在那人身上，他看到站在外面的是那个流里流气的男人。

兆林本想打开房门出去，问他有什么事。但后来想，多一事不如少一事，便大声说，外面是谁？有什么事明天来。那人没有再敲，悄悄走掉了。

第二天早上，兆林早早起来，锁上房门，来到远处一棵树下，躲在树后望着自己的房子和空旷的街道，他想知道妻子从什么地方回来。这是他大半夜想出的办法。

不久之后，他看到妻子从不远处一个房子出来了，是那个照相的文莱的房子。他迎着走了上去。

昨晚到哪里去了？兆林两眼发红，拳头攥紧，他听到自己的手指发出叭叭的声音。

兆林连问三遍，妻子一言不发，兆林甩了她一个耳光。看到她嘴角流血了，两人对视了几分钟，兆林推出自己的自行车，回家去了。

一连好几天，兆林的铁皮房锁着门。人们发现门开了之后，主人变了，是一个陌生的面孔。那人说，他盘下了兆林的门店。有人向秋娥打听兆林的去向，秋娥说她不知道。逐渐地，人们发现她确实不知道。

六年后，兆林母亲去世，他回来安葬母亲，之后马上就走了，没有久留，许多人并没有见到他。见了的人说，看样子兆林混得还可以，兆林又一次成为我们村上的焦点人物。人们翻起他的陈年往事，说他那年莫名失踪，活不见人，死不见尸。从他处理门店看，他是去了别处。后来，法院单方面判了离婚。两人没有孩子，家中贫穷，无家产可分。只有我对兆林在街道的情况略知一二。

二十多年过去了。我初中毕业之后，原想拜兆林为师，学习玻璃工艺，他的突然消失打乱了我的计划。在家待了一年之后，我上了县上刚办的职业高中。三年后，我以三校生的身份参加了高考，被一所大专录取。毕业之后，成了一名公务员。闲暇之余，胡写乱画，不经意间，居然在许多刊物上发表了几十篇文章，浪得一个作家的虚名。我知道，这都是我平时喜欢看课外书的结果。因为我从小学开始，就很擅长写作文。

原本已经忘记了兆林，但那日闲得无聊，百度搜索几个作家朋友，也准备给自己申请百度词条，偶尔记起兆林，一搜，居然吓我一大跳。

兆林的头衔大得吓人：世界华人艺术家联合会副会长、中国西部画院副院长、居延书画院院长等等等等，居然有近二十个头衔。我想，是不是搞错了，是我的那个同乡兆林吗？仔细看照片，估计差不多，只是胖了，有些臃肿，头上剃得很光，有点发亮。百度上关于兆林的词条还有好多条，也有好些照片，皆是身着奇装异服，不是在作画写字，就是和头衔很大的人物在一起，显得很亲密。我想，这兆林二十多年没有见到，居然成了文化名人。

从那以后，我对兆林关注得多了，毕竟我们有许多相似之处。

在一个江湖画家那里，我知道了兆林的具体情况，他在西部某省会城市开有一间书画工作室，生意不错。那人说，兆林善于炒作，善于经营，据说挣了不少钱。

这个三流书画家和我相识有些年头了，但没有深交。一次偶遇，我出于礼貌对他赞扬几句，他以为我真喜欢他的作品，便拿着他的两幅书法，来拜访我，说想举办场画展，请我写序。我们聊了很多，他还说想请我写文章宣传他，但没有现金支付，只能送我作品。我们聊起兆林，他说替我打听，不多久，便打听到了。

和兆林见面之后，我知道了真相。以兆林的做派，任何人只要稍用点儿心，就能找到他的。他是那种见人就散发名片的人，以前在名片上印头衔，印电话号码，现在还加印了二维码。他的名片，又特别高档，于是许多人并不急于扔掉。

兆林所在的城市，我们姑且称它为N市吧。知道他在N市不久，我给他打了一个电话。当然，我对自己在写作上的成就，也没有谦虚。我知道如今这社会，像我这种的人，想谦虚还不够资格。兆林能记得我是哪位，接到我的电话，很是热情，让我来找他，吃住都由他安排。

机会不久就来了。其实也算不得什么机会，我在N市的杂志上发表过几篇文章，杂志社搞了一个双年度评奖活动，我有幸入围，编辑和我联系了，说欢迎来参加颁奖活动。我本来不愿去，觉得与己无关紧要，但想到兆林在那个城市，便决定去一趟。

文学活动简单得很，仅仅半天时间，之后是游玩。和兆林联系，他让我来他这里，改天他陪我，把N市的景点游个遍。

兆林的画室位于市内较繁华的街道，门店有七八十平方米，中间是一台字画装裱机，周围墙上有字画作品，更多的是兆林和各种名人的合影，下面有文字说明。还有兆林作画现场的照片，旁观的往往是大人物。

店内有两个青年人。和我打了招呼之后，一个说，师傅让把我领到他的工作室，他在那里等我。

兆林的工作室不算太远，就在门店后面的小区，在一个高层住宅楼里面。进了一套房子，我见到了头皮剃得特别光亮、穿着一身火红色唐装、圆口布鞋有些仙风道骨的兆林。

兆林见到我很是热情，他说，没想到你成了作家，真没想到。他握着我的手，用力地摇了几下，又在我肩头拍了几下。

这套房子很大，布置相当豪华，客厅是整套的红木家具，墙上依旧以兆林和名人合影为主。省部级政要、文化界名人，个个名字如雷贯耳。这一切，都让我对兆林刮目相看。在一个房间里，有一个大型画案，兆林说，他的重要作品，几乎都是在这里完成的。从另一个房间里，出来一个女人，替我们泡上茶。女人端庄漂亮，有一种成熟女性的美。

兆林问了我的写作收入，说，不要写那些了，以后专门为我写文章，保证收入要比你现在高出很多。

兆林于我，成了一个谜。但随后的几天，通过深入交流，我知道了他的经历。之所以对我说得详细，是因为兆林信得过我，他想让我为他写一本传记，或者写系列文章。因而，二十多年前，他从镇上消失以及他的发迹，在我的脑海中连贯起来了。

兆林先到H市，在一家装裱店打工，他有美术基础，很快便学会了装裱手艺。老板是个画家，各种画都能来几下子，毛笔字也不错。在这里六年时间，兆林学到了许多东西。他的毛笔字，在这位师傅的指点下，写得能让普通人觉得不错。也是在这里，他接触了国画，知道了大写意，工笔、兼工带写等技法。那位老板也卖字画，价格不是很贵，三五百元，隔几天便能卖出一幅。这一切，让打工的兆林很是心动。

兆林的转机出现，是H市举办的一次书画展。那是一个名头很大的现代派书画家，来H市巡展，并且出售书画作品。兆林看过他的画展之后，茅塞顿开。

兆林作了充分的准备，他根据老板的那些头衔，找到制作假证的，一次性制作了十多个证件和获奖证书。做好充分的准备之后，他来到N市，以书画大师的身份出现，开始售卖自己的书画作品。

那会儿，我问他，你和那些名家政要的合影，是怎么来的？不会也是假的吧？

兆林很轻松地说，现在几乎全是真的。

到后来，我的书画作品卖得还可以，价钱也好，四平尺的字，卖到上万元。绘画作品，价钱更高。

我指着墙上挂着的字问他，这种字，像小学生写的，好在哪里？我看不懂。

兆林说，这叫汉隶，或者说，以汉隶为母体，进行了再创造。艺术贵在创新，独创一个写法，虽然看着怪异，但是一不小心，也许就成了一代宗师，开创一个流派。你因循守旧，写得过王羲之吗？写得过苏黄米蔡吗？赵佶还因一手瘦金体流传于世，开一流派呢。

我不得不承认，兆林的说法有一定道理，但又不全是道理。我说，汉隶最容易上手？我觉着楷书要写好，也是不容易的。像你这幅，是甲骨文吧，我认不出几个。

兆林呵呵一笑说，其实你说的基本正确。楷书，行书，都有成就非凡的艺术家的作品作为标杆，后人难以超越。即使达到那种水平，又有什么意思？要知道，自成一派，率性而为，没有规矩，这种事最好办。这种汉隶，确是最好写的，怎么写都行，如今好些书画名家，最高水平不是书画作品，而是题款上的那几个字。

我仔细看了兆林的绘画作品，他的荷花、梅花、葡萄等作品，全部用写意画法，山水画更是大写意笔法。我觉得那些东西，叫绘画作品确实有些勉强。

兆林看我不是很热情，便说，我这是现代派。现代派你懂吗？有一种画法叫泼墨，你懂吗？我有时候作画不用毛笔，你见过吗？

我有些愕然，说，现代派我知道。不用毛笔用什么？

用手，用手指或手掌，用手指和手掌抹、挪。有时候手都不用，用嘴吹，让墨在纸上跑。有时候用吹风机吹，效果奇好。

这样搞出来的能叫画吗？

能啊。你看我的这幅作品，它的名字叫《人生》，跟路遥那小说一个名字。

这幅用高档边框装裱起来的现代派作品，看上去像一个不规则的黑手掌，有墨跟手指一样向四方延伸。看得出来，这是把墨汁倒在纸上，向四周吹散，干透之后装框，没有任何技术含量。

这个叫《人生》不准确，倒不如叫《黑手》。我跟兆林开玩笑。

叫《黑手》没有价值，叫《人生》就有了积极的意义。这个黑色大圆，就是你叫手掌这里，是人生的起点。四散分开的黑线，是人生的发展之路。你想想看，大多数人的人生，是不是这样？

我不得不佩服兆林的想象力。

我很不明白。这样的作品，有人要吗？

有！兆林脸上满是自豪。我有销售团队，有网站，有微信公众号，有微店。而且，有专门的团队替我宣传，也叫炒作吧。兆林稍做停顿，说，欢迎你加入我的团队，你专门给我写文章，宣传我，我们签合同。

我说，怎么写？写什么？太突然，让我了解一下，适应一下再说。

行，你慢慢考虑，不急。目前，我的团队运作一切正常。

小胡。兆林轻声叫道。那个年轻女人扭着腰肢来到兆林面前。

把那些宣传我的文章拿来，让我这位乡党看看。

一会儿，那女人拿来一大摞杂志和画报。随便翻开一本，上面就有对兆林的图文介绍。名头很大，俨然大师。看了几篇，我就对这些东西没了兴趣。

有些大师是炒出来的，像爆米花。兆林自己调侃。

艺术贵在创新。

半年以后，兆林在县城里搞过一次书画作品展。那段时间，我刚好去了外地。等我回来的时候，他已经布置完毕。布展期间，兆林进行了现场售卖。因为在老家，他降低价码，每幅千元左右，居然有好些人去买了他的字画。

画展之后，也流传了兆林的许多逸事。

开幕式上，兆林对参加的领导一脸媚态，但领导走后，对慕名而来的粉丝，他显得很高冷。他手下那些人，对围观者跟兆林的距离也有要求，显得很神秘。

还有人说，好些人给兆林打电话，他很热情，但如果讨论艺术，他会马上打断你的话，说他很忙。如果你想当面请教，他也很忙，没有时间。但如果你说要购买收藏他的作品，他一定会马上转口，让你过来。

对这些，我一笑置之。

时隔不久，我听到兆林的一段故事，比较离奇，真伪难辨。

兆林画展那些日子，他向别人详细打听了他的前妻，那个叫秋娥的女人。女人已经四十多岁了，或者将近五十岁，她在县城开着一个理发店。那年兆林不辞而别，后来，她单方面起诉离婚。过了几年，她和文莱结婚，婚后生活平淡。这些年里，两人仍操旧业，只是由乡镇搬到了县城，生意也较为清淡，文莱的摄影更甚。

那天兆林找到秋娥的门店，见她虽年近半百，但风韵犹存，而且保养较好，本想叙说两句离去，但秋娥说起家庭一脸幸福和谐之状。兆林忽起恶念，对秋娥说，咱俩曾为夫妻，如果你能念及旧情，陪我一次，我会送你五万元。说了自己房号，转身离去。

秋娥忐忑了多半天时间，犹豫再三，在下午打扮一番，去了兆林所说的宾馆。敲开房门，兆林让她坐下，对房间里的那个人说这是曾经的一个朋友。那人走后，兆林让秋娥去洗澡，之后自己也去洗了。上床之前，兆林对床上的秋娥说，几十年了，还是没改你这毛病。秋娥的脸色变了，有些尴尬。抬腿上床的兆林又说，你不是说你家里很幸福吗？怎么来了？

这边兆林刚钻进被子，那边秋娥下了宽大的席梦思床，开始穿自己的衣服。兆林问，你这是要干什么？秋娥默不作声，穿好衣服，提上自己的包，转身向外走去。

这五万元你不要了？秋娥头也不回，一声不吭，打开门径直走了，赤身裸体的兆林慌忙去把房门关上。

听到这个传说之后，我一时有些茫然。考虑再三，我决定不去给兆林写那些书画评论文章了。

凤求凰

没有想到，我竟然成了薛子才的学生，而且，我们的关系特别融洽，用“忘年交”来形容也不为过。

薛老师是真正的高人。叔父说起薛子才的时候，得意、炫耀都不足以形容他的表情。因为，薛子才是他的初中老师，也是他的班主任，他们有过三年的师生之情。用叔父的话说，他那会儿学习不错，又是班长，很得薛了才器重。

薛老师是本省书法功力最深厚的人。叔父曾经这样对我说，如果能得到他的指点，你的书法水平会突飞猛进的。虽然他曾是我的老师，我们关系也很不错，但我不能保证他会教你。

叔父说这些话的时候，我和几个朋友刚刚在市文化馆举办了画展，取得了较大反响。叔父不写毛笔字，但却对书画较为内行，不经意表露出的一些评价，不乏真知灼见。虽然当时我对叔父的有些话不以为然，但事后证明是我错了。

怡雅园坐落在城西的郊外，距离那座名山不远。这座名山最早出现在庄子的作品中。在《庄子·在宥》篇中，黄帝在这里问道成功。

我来到怡雅园的时候，是夏日的一个下午。我曾经考虑过打车或乘坐公交车，但后来，我选择了骑山地车去。骑山地车的好处是来去自由。在市内通向山脚下这五公里宽阔平坦的六车道马路上，我多次骑着爱车狂飙。那个时候，我的耳畔有呼呼的风声，我的头发向后飘扬，我的衣襟被风带起，我感到这是自己除挥毫之外最酷的时候。

我曾经无数次从这座院子旁经过，我也知道这个依山傍水的院子是个养老机构，但没有想到这里有一个深藏不露的书法家，更没有想到我会走进这座院子。

对薛子才老人，我知之甚少。他的书法作品我只见过两幅。说真的，是能显出功力的那种。我曾以为是名家之作，但看了题款，却不知其人。后来，和叔父说起，才对薛子才有所了解。

遵照叔父叮嘱，我没有带任何礼品，只带了十幅自己的习作，卷成一个圆筒，拿在手里，看起来有些虚张声势，其实我内心特别怯懦。叔父曾说，如果你带礼品上门，一定会适得其反。

进了电动伸缩门旁边的小门，登记之后，门卫说，自行车可以放在凉棚下面。薛老师如果不在房间，可以让护理员带你去找，他肯定在院子的某个角落活动。

这是个宽敞的园林式大院子，院子的南边是那座名山的余脉，呈斜坡状。院墙之内，顺斜坡向上，是已经成材的各种树木，疏密有度。不远处的树下，有乘凉的老人，三三两两。我找到薛子才的房间，房门闭着，果然不在房里。在楼道，一个有些瘦弱的护理员说，薛子才在下面亭子里坐着，她可以带我去找。

在楼后一片草坪的中间位置，有一个并不算太大的亭子，雕梁画栋，檐角飞翘，看起来古色古香，但那是用混凝土做成的。

本地的公园里以及不远处的那座山上，这样的亭子不少。亭子的柱子刷成了红色，抬眼一望亭内顶部，现代化建筑的本色原形毕露。

亭柱相连处，是预制板做成的平台。一个老头儿和一个老太太相对而坐，正在说着什么。看到我们，俩人都望过来。

薛老师，有人找你。

薛老师满头银发，面容清癯，戴着眼镜。他的衣着普通，上身是灰色的半袖，下身是灰底有暗条纹的裤子，脚上是机制的布鞋，跟街旁树荫下下棋的老人没什么区别。

我叫声，薛老师您好，又转向旁边的老太太说，奶奶好！我看到薛老师的脸上有一丝不易觉察的笑意。其后某一天我突然明白，能拜师成功，和那天我对老奶奶的恭敬不无关系。

我对自己的基本情况作了介绍，并且讲了我的叔父，以及我来找薛老师的意图。薛子才并没有说什么，只是偶尔嗯一下。介绍完之后，亭子下出现了短暂的静寂。我打开手里的纸卷，张开双臂，把自己的习作一张张拿给薛子才看。虽然他站了起来，但并没有接过去。我等他看完之后，放下这张，拿起另一张。到一半，我感觉他看得慢了，几乎是在逐字去看。

看完之后，我说，您老的字我见过两幅，也拍了照片，揣摩学习。但是，我还是想得到您的指点。我知道您年纪大了，不会太多打扰，只想在您方便的时候，得到您的指点和教诲。

薛子才说，我也不太写了，但帖还是在读，你跟我学习，就不怕我把你带到沟里？

听到薛子才的话，我心中一喜。而且从这些话中，我没有听出拒绝的意思。叔父讲过薛子才的两个故事，都让人感到不可思议。一个是某公司开发了一处山庄，集休闲、餐饮、文化、旅游于一体，请薛子才题写山庄名称，价格出到三万元，但薛子才借口久不写字，手生了而推辞。另一起是一位官员想请薛子才教儿子写字，许下高额学费，但薛子才没有答应。叔父曾说，那官员的儿子写得比我差不了多少。这两件事发生的时候，薛子才从中学退休不久，身体也好，但就是不愿意凭书法挣钱，也不愿给任何人写字。

对于薛子才默许的话语，我连忙说，能得到您的指点，我万分荣幸。就在我觉得大功告成的时候，薛子才说，你的这些作品留下，我再看看，下个周末的下午你来吧，来之前打个电话。

看到太阳即将落山，我说，天凉了，我送你们回房间吧。老奶奶站了起来，说，时间差不多了，我们是该回去了。于是，我送两位老人回到公寓楼上。

我和薛子才说话的时候，老奶奶用慈祥的目光望着我，透出一种亲切，一种温暖。我看到她衣着得体，虽也是一位七十开外的老人，但有一种雍容华贵的底色，看得出她年轻时一定是个美人。

到了薛子才房间的门口，老奶奶望着我俩说了声再见，进了斜对门的一个房间。

回去的路上，我想，那个老太太是他的老伴儿吗？他们为什么不住一个房间？

留下姓周的那个小伙子的习作之后，薛子才有些恍惚，感到亦真亦幻。四十多年来，他从不向别人展示自己的书法作品，许多人上门求字，也坚决不写给他们。他的书法作品，流传于世的不足十幅，拥有者都是他的至交。别人他是不愿意送的，买也不行。

人真是个奇怪的动物。薛子才第一眼看到这个小伙子，仿佛看到了当年的自己，身高、体形以及走路的姿势。虽然衣着完全不同，但其余都神似。他的叔父不但是自己的学生，而且是几十年来一直有联系的几个学生之一，但这完全不是薛子才愿意教他的原因。在这一点上，没有任何理由会改变薛子才恪守半个多世纪的初衷。读书写字于薛子才，仅仅是个人爱好，说得高雅一点，是修身养性。说得俗气点儿，是闲时解闷儿，打发时间。名利之类的东西，薛子才一直没有去想。到这个年龄了，从技法上来讲，已经比较娴熟。但人生经历中的那段隐痛，也许使自己的上限再难提升。有些东西，无法得到的时候，才会知道是那么珍贵。这个叫周子衿的年轻人，是凭什么打动薛子才的？仅仅是外貌吗？也许是，但不全是。也许还有这个名字，以及他们简短的几句交流。薛子才看他的行书习作时，问了一句：你喜欢谁的行书？他说，现当代喜欢沈尹默和周慧珺的。其实，从他的某些字中，薛子才完全看得出这二人的影子。说真的，薛子才虽然读帖较多，古人的作品暂且不说，现当代书法家，薛子才从内心欣赏的，也就那么几个人，这两位恰是薛子才比较喜欢的，他们功力深厚，是后来许多所谓的名家不能比拟的。更重要的，从“术”的角度去看，这个年轻人并没有误入歧途，他的路子是对的。因而，在垂暮之年，以平生之经验，点拨一个好苗子走上正道，也是做了一桩善事，也算修身赎罪吧，到这个年龄了，还能做些什么呢？

周子衿走后，薛子才到梅溪的房间去看了看。她正准备刷牙。薛子才帮她在杯中倒了些水，并把杯盖盖上。她每天都要吃儿子从澳洲寄回来的多种维生素滴丸。看到薛子才把杯盖盖在上面，梅溪说，不用盖盖子，人在旁边。老家人常说，江山易改，本性难移。几十年来，在这件事上，两位老人都没有妥协过，但也没有起过争执。每次倒水前，薛子才总会把杯中的残水倒掉，倒好水后，一般会把盖子盖上。但梅溪却和薛子才完全相反，她喜欢在残水中掺入热水，也不在乎杯盖是否盖好。夏天的时候，会有苍蝇飞舞，薛子才是特别担心苍蝇落在杯沿上的。薛子才难以想象在苍蝇驻足过的地方，人们要把嘴唇贴在上面。他曾对梅溪开玩笑说，苍蝇一落在上面，就开始搓前爪，把污垢全部搓落下来。

梅溪刷完牙，薛子才看她吃了药，梅溪说，你过去睡吧，也不早了。薛子才回到自己的房间，洗漱、睡觉。周子衿的习作薛子才打算明天再看。

但是这个夜里，薛子才却罕见地失眠了。红色的版画头像又一次占据了他的脑海。

自从排除万难来到这个养老院之后，薛子才的睡眠一直很好。薛子才想，在人生的垂暮之年，能和终生心仪的人一起走向生命终点，死而无憾。但是今天突然来访的青年人，让他想起自己的那段青春岁月。

梅苏贻是薛子才的美术老师，他毕业于西北师大美术专业。

他们学校的大多数老师，都是本县的，只有梅老师是个例外，但他是哪里人，大家却不知道。这个操外地口音的中年人特有才华，他会版画，会油画，还会国画。

周末，我如约来到怡雅园。来之前我给薛子才老师打过电话，他说，下午他依然在那个亭子下面乘凉，让我直接到亭子找他。我拿着这个周内练过的草纸，请他指导。

我们并排坐在石条上，我一张张地把这些字拿给薛老师看。他看得很仔细。他说，除了《蜀素帖》之外，褚遂良的帖子还得练。沈尹默的几本帖子也该看看，尤其他的理论书，要仔细去读。这几本帖我这里有，回去的时候带上。得多读原帖，把那些字牢记在心，名家名帖都掌握了，做到了然于心，才能下笔有法度。

薛老师对于我写的字，简单地进行了点评。哪个字写得好些，好在哪里。哪一笔好些，或哪一笔该怎么去写。经他一说，我真有茅塞顿开之感。

半年时间过去了，我和薛老师以及梅奶奶也熟悉了，互相感到亲近。在我的眼里，他就是我的爷爷。而梅奶奶，就是我的奶奶。在我的生活中，从来没有见到过像他们这样深受文化浸润，气质儒雅的老人。我从薛老师这里，不但学习到了许多技法，更重要的是学到了许多道理。

薛老师说，写字仅仅属于“术”，也就是说，属于技术层面。技术的高低，决定了字的好坏。有些人别看名气很大，写了一辈子，写的仅仅是毛笔字，连书法也算不上。如今江湖体盛行，有些如鬼画符，那是在糟蹋纸和墨。只有进入真正的书法层面，才有好坏之分。

薛老师说这些话的时候，是一个下午。那会儿，我们各写了几幅，坐下来歇息。他说的这些，我感到陌生。曾经，我提起当下红极一时的几位“大师”，他并没有评说，只是说，你不要学那些人，你还是坚持练习碑帖。曾经，我说起董其昌的作品，薛老师说，年轻时读过，后来不读了。当时我并没有在意，直至某天，读一篇关于明代文人的文章时，我才明白其中原因。我也曾试探性地问过薛老师不愿给山庄题名的原因，薛老师沉默良久，之后说，我的字不算太差，但从“道”来说，我是差些，因而，我不愿因字而让人评说，也不愿让过多的人见到我写的字。

一次，我是中午去的。那时已到秋天，天气转凉，在楼道里，我听到一阵古筝的声音，我以为是谁在播放音乐，从那优美的旋律中，我听出是乐曲《凤求凰》。渐近，我发现来自梅奶奶的房间。在半掩的门口，我看到窗前一角有一台古筝，梅奶奶静坐在古筝前，专心致志地在弹奏着。没有想到，头发花白的梅奶奶有这样的才华，我又一次对她刮目相看了。

米芾师承二王，其后有赵孟頫，不得不学。薛老师说话声音很轻，每次见面，他都说得不多，但确是切中肯綮。

“诗”字最后一勾，向前延伸，之后上提。别人写“诗”，直接上提。

薛老师对我讲米芾书法的特点。之前，许多地方我是没有注意到的。

梅奶奶弹得久了，有点儿累，不愿意下楼，薛老师让我和他下楼去走走。

五层的养老公寓楼，楼梯比别处楼梯要宽很多，两边有扶手。楼并不算大，但有两部特大的电梯。每次走出房间，在楼道总能看见护理员微笑着站在那里。

你今天心里有事？

薛子才的房间，桌子已经改变了方向，笔墨纸一应俱全。近两个月来，他每次都先为我写例字，之后我写他看，传授要领，指出不足。怪不得今天写了不到半小时，他就提议下去走走。他也许看穿了我的内心。通过三四个月的接触，我发现他是一个心思特别缜密的人。

我无法否认，也不好承认。我不知该怎么回答他。

昨晚没有睡好。我们几乎是同时说出口的，只是他的语气中带有疑问。

是的，连续几夜我都失眠了，中午精神不振，睡一会儿，晚上又失眠。我觉得我已经陷入了恶性循环。

我承认我是一个多情又优柔寡断的人。一年前，我经过城北的一条宽阔街道，那是个初夏的中午，烈日当空，天气已经特别炎热，我抬着手，尽量贴近楼房走，为的是能让浅浅的阴影为我带来一丝阴凉。

路过十字路口东北角上一个花店的门口，里面传出悠扬的古筝声，我不由得转头去看，发现这个花店有些别致。我看到里面有一个厚厚的原生态木板做成的案几，旁边摆放着几个别致的木墩，形态各异。我不由得走了进去。

也许是因为悦耳动听的古筝声。在许多个独处的时候，我都会用朱昌耀、项斯华的独奏作品慰藉时光。其实，我对音乐一窍不通，只是觉得他们演奏的乐曲特别好听而已。这原生的木质物件，也许是吸引我走进花店的原因之一。后来我想，还有一个原因，和那天的天气有关。

花店不算太小，有一百多平米吧。有各种鲜花，还有许多干花，更有好几件原生态的奇异树桩。有个姑娘正在修剪一大堆刚到货的月季，看到我进来，便放下手中的短剪刀，向我问好，并问我要什么。我说，路过，随便看看。

这是楼房转角处的一个门面房，内部并不规整。在一角，一个女子正在弹奏古筝，这会停了下来，站起来和我打招呼。她的长发在脑后用布巾扎成一束，上身是青花瓷风格的中式短褂，下身是月白色棉质长裙。女子面容姣好，和这身装扮相配，有一种古典的美。

胳膊上搭着运动休闲装的我和她们交谈起来。我问，你们谁是老板？她说，我们都是老板。之后咯咯地笑起来。那天我买了六支三个头的白百合，也知道了她大学毕业，在省城一个花店打工两年，之后，于一年前开了这个花店。

从此以后，我的脑海中不时会出现那天的情形。我许多次骑车穿城而过，和这个叫如云的女子聊天，听她弹奏轻快的乐曲。她性格开朗，待人热情，我们有许多的话题可以讨论，这让孤身一人在这座小城生活的我感到一种温暖。

我考到这座小城的某事业单位后，身处外县乡下的父母穷家中所有，为我购置了一套楼房，并且说，婚姻的事让我自己操心，投缘就行。三年多了，我也曾相处过三四个女友，但后来我觉得都不太如意。当然，人家对我也许更不满意。

柳如云让我眼前一亮，她是极清爽的一个女子，每次见她，她的衣着都有所不同。有时候，她穿着别致的上衣，下身是一条宽松的牛仔筒裤。有时候，她一袭素雅长裙。她的衣着尽显优雅和落落大方，她的服饰几乎与大多数人完全不同。

正是她的这种与众不同，越来越深地吸引了我。我几乎到了疯狂和寝食难安的程度。对于前面几个和我藕断丝连的女友，我感到越来越厌烦，终于，懒得再搭理她们。

我也知道她们所说的“我们都是老板”仅仅是一句玩笑话而已，但是，在后来的相处中，“我们都是老板”却让我感到刻骨铭心。那个剪花的姑娘，是她姨家的表妹，实习期间抽空来给她帮忙。那些树墩，也是她让姨夫在农村买的。她把树墩上的残土和枯根处理掉，洗干净，刷上特别的油漆，很随意地摆放在店里，有古朴浑厚之感。

它和你的鲜花不搭调。我说。

它们是各自独立的个体，她强调。

我第一次说出这话的时候，她说，和鲜花是不搭调，但和干花搭调。后来，她说，它们是独立的个体，为什么要搭调？

这期间，她几次到过我那并不是很宽敞的房子。我的房子里基本没有什么家具，客厅的一角，是个写字的案子，供我在上面挥毫泼墨。卧室里有一张床，供我疲惫的身躯在上面歇息。有次，我说，嫁给我吧，如云。她先是没有吭声，之后说，我还没有考虑好呢。我一时有些怅然。

其实，薛子才完全看得出我的心事，我处在一种煎熬之中。

这个世界上，最煎熬人的，是感情，这真是一个特别大的范畴。

有一天，薛子才向我讲述了他的故事，回乡四年后，他成为一名民办教师，在他们村和几个村合办的初级中学教书。他教过语文、代数、物理等主课，同时兼代一两个班的美术课。他们学校的老师，有一部分是各类师范毕业的，也有一部分和他一样，是曾经的高中生。他和同学虽然都没有拿到高中毕业证书，但完全从事体力劳动的并不多。

三十二岁那年，薛子才已是三个孩子的父亲，农村包产到户了。长期在农村劳动的妻子要求他辞职回家，她说，那十多亩地她一个人耕种不了，再说政策也越来越好，农闲时可以做些小生意，不会比教书收入低。因为那个时候的他，仅仅拿不足二十元的工资。但他并不同意。

在此前两年，他因为教学认真，态度端正，为人正直低调，调入了镇上的中学。在这里，他遇到了一位女同事，她叫梅溪。在和其他同事的闲聊中，他知道她是梅苏贻老师的女儿。

梅溪比薛子才小四岁，衣着打扮及举止，与他们这些家在农村的截然不同。她的女儿五岁了，上小学一年级，扎着两个羊角小辫儿，眉清目秀，特别惹人喜欢。在校园里，每次见到梅溪，薛子才都特别紧张，从来不敢说是梅苏贻老师的学生，也不敢和她多说话，更不敢向她打听梅苏贻老师的情况。但是，薛子才内心的痛苦和煎熬却与日俱增。

一个周日的下午，值周护校的薛子才正在废报纸上练习毛笔字，梅溪的女儿在门前玩耍，薛子才看见了，那会儿也有些累，便放下笔说，燕子，来，叔叔给你砸核桃吃。那是他从家里带来的几十个成熟不久的嫩核桃，还没有舍得吃。燕子特别听话，蹲在门槛边上，看他砸核桃。他砸开一个，剥掉皮之后，递到那胖嘟嘟的小手里，看她津津有味地吃完，又开始砸剥第二个。

我以为你哪里去了，原来跑薛老师房里了。清脆悦耳的声音把薛子才吓了一跳，他抬头一看，梅溪含笑站在门口。

在薛子才忐忑紧张的招呼声中，梅溪第一次进了薛子才宿办灶三合一的房子。她发现了窗前桌子上没有来得及收起的字，仔细看了看说，写得真好啊，一看就知道下过工夫。以前临的二王和米芾吧？

薛子才语无伦次起来，随意嗯了几句，由她这几句话，薛子才又强烈地想起梅苏贻老师那清癯的面容。

整面山墙上五彩斑斓的墙报又在薛子才的眼前晃动，他似乎听到墙壁上粘贴得并不牢固的纸张在风中哗哗作响，以及梅苏贻老师孑然一身目不斜视走过校园时，那消瘦但挺拔的身影。

那年冬天似乎特别冷。他们穿着破旧的棉衣棉裤，住在学校后面低矮的房子里，夜里总能听到西北风拍打窗户纸的声音，也能听到风刮过电线时的呜呜声。

一个雨天，他看到她从五六十米之外的学校灶房那边往房子里用铁桶提水，考虑再三，薛子才走了过去，要帮她提。梅溪客气地拒绝着，无奈之下，薛子才说，我是你父亲的学生。

他们四目相对，梅溪松开了抓着桶襻的手。也是从那以后，薛子才每次回家，带来自种的青菜、豆子之类，总要分给梅溪一些。

我父亲那会儿教你美术？一次梅溪这样问薛子才。

是的，教我美术。薛子才心里发虚，不敢正视她的眼睛，薛子才希望尽快结束这个话题。但是，他更希望这成为他们亲近的理由。

你是我父亲的学生！许多次她眉飞色舞地对薛子才这样说。如果我那会跟着父亲，咱俩就是同学！

他是我父亲的学生！在许多个场合，她这样对别人介绍薛子才。

尽管妻子再三让薛子才辞职回家，但他终是没有回去，为此，他们闹了好几年别扭。甚至有一段时间，周末他回到家里，她都冷着脸，也不给薛子才做馍馍，他只好自己动手，带上要吃到星期三的馒头或饼子。

好在这种情况持续不是很久，薛子才那批民办教师转正了，有了正式编制，工资也提高了不少，这让自觉低人一等的他舒了一口气。因为梅溪是从市里中等师范学校毕业的，在她面前，薛子才总是自惭形秽。

但是，许多个下午或空闲时间，同事们聚在一起，闲谈起某人的过往时，薛子才都惶恐不安。那人以前是个小偷……那人曾经……这样的话，都让薛子才感到锋芒在背。

同时，薛子才明显地感到，他和梅溪的关系亲近了许多。一次梅溪从他门口走过，他正在吃开水泡馍，这是他学生时期最主要的生活方式，也是他们那代学生的集体印记。其实，这会儿我的学生们也是这样，但作为教师的薛子才，过这样的日子，却有苦行僧的感觉。

梅溪问薛子才，你为什么不做饭？

薛子才苦笑一下说，一个人的饭，不好做。再说，太麻烦。那会儿，儿子上了县上的一中，女儿上了市上的中专，小儿子在老家上小学。只有薛子才一个人，于是懒得去做。

咱俩合灶吧！梅溪淡淡地说，但那表情，却是真诚的。

薛子才感到特别意外，甚至有些受宠若惊。虽然都是教师，但梅溪漂亮又会打扮，像城里人一样。而薛子才，每个周末回家都要干家务或种庄稼。两个假期里，他就是彻底的农民。长期的劳动使外露的皮肤黝黑又粗糙。因为家大人多，收入微薄，全家的吃穿用度都从节俭出发，他更是整年一身洗得发白的蓝色中山装、蓝裤子，脚上多是妻子手工做的布鞋，雨天穿黄胶鞋，整个打扮就是一个农民。

梅溪看到薛子才没有吭声，又说，咱俩合灶吧，怎么？你不同意？放心，我不会让你吃亏的。

薛子才急忙说，我不是这个意思，我是觉得这样……这样合适吗？

有什么不合适的？这是我们两个人的事，与别人无关。别人爱说什么说什么，考虑那么多，活着累不累呀？

梅溪说得大大咧咧，仿佛在说一件与己无关的闲话。

薛子才哑然无语。

梅溪的房子在前排的最边上，山墙距学校的土围墙有两米多。经过校领导同意，梅溪在附近村庄买了些材料，找了工匠，在那里建了一个不足十平方米的矮房子，当作灶房。这样，宿办合一的房子里面就整洁得多了。窗前是办公桌，最后面两边分别是两张床，她和女儿分开睡。床和办公桌之间还有一个布面沙发。现在想来，那个沙发特别简单，但在那时，却是一件奢侈品。梅溪用床单罩着沙发，床单素洁干净，屋子因此显得特别温馨而奢华。说到这里薛子才陷入沉思，仿佛沉浸在过去的回忆中，于是，我便不想再打扰他，退了出来。

许多个下午，我都去如云那里，和她聊天。我们聊天的内容天南海北，有时候聊她的生意，有时候聊书法、美术和音乐，甚至有时候也聊文学。在如今这个信息传播特别快的时代，像她这样悟性极好的女子，对什么东西想要了解，也并非难事。

其实，要想深入地了解一个人，最简捷的办法是和他朝夕相处，他的优缺点都会暴露无遗。和如云相处过一段时间后，我知道她的目标很远大，不仅仅是作一个花店老板。

我发现她在利用一切机会，尽可能地和对她有利的人取得联系，并且在努力维系这种联系。她的维系方式很简单，陪他们各种方式的聊天，或微信，或电话，或热情接待那些来访者。我曾遇到一个人酒后来她店里，和她聊天时语言轻佻，举止轻浮，但如云却笑脸相陪。

甚至，我还发现她和某些人的关系暧昧不清，她也陆续把自己的花卉卖进了这些人的单位。我要让每栋楼里和每条街道都摆上我的鲜花，我也要成为每个节会的鲜花供应商。她这样对我说。

更让我如鲠在喉的，是有些时候她的莫名消失。那时候，我怅然若失，特别痛苦，那会儿她在干什么？

和她相处的时光，总是那么美好，但那些不愉快的事，却让我难以释怀。我曾想放弃这段感情，找一个单纯的女子结婚，但却完全不能，她已经深深地印在我的心里，挥不去，抹不掉。我有时想，如果要结束这段感情，除非我离开这里，走得远远的。但我无法放弃这份工作。

我曾经多次思考过和她的关系，如果和她结婚，她和那些人不明不白，我是难以容忍的。我曾试图改变她的这种做法，一次在她接完电话后，我问对方是谁？她说，一个领导，你不要问了。我没有再问，但心里有点儿堵。过了一会儿，我们聊天时，她讲了以前和一个朋友相处，那个朋友想约束她，她明白无误地告诉对方，我是独立的女性，有独立的人格和思想，也有独立的行为和空间，你不要想着让我生活在你的监控之下掌控之中。

如云看似平淡地对我讲她的往事，但我感觉得到，这是在警告我。

对她的依恋、不舍、无奈，让我陷入深深的痛苦之中。

在这种痛苦的煎熬中，唯一让我欣慰的是每个周末，我都会在薛老师那里待大半天时间，他和梅奶奶对我越来越亲切友好，我似乎成了他们最亲近的人。无论进入书法创作中，还是听薛老师谈书法史，谈任何一位大师，都让我受益匪浅。薛老师从赵孟頫说起，谈到“字内功”和“字外功”。他说，这一切决定了你的格调高低，道行深浅。诗词功底、文化底蕴、书画鉴赏，属于“字内功”，也就是“术”；对自然的理解，对生命的态度，人生的境界，和哲学相关的一些东西，可以称之为“字外功”，也就是“道”。

让我惊叹的是，薛老师居然随口说出了元末明初文学家、史学家陶宗仪关于赵孟頫的高评，“性通敏持重，未尝妄言笑。书一目辄成诵，诗赋、文辞清邃高古。善鉴定古器物、名画。尤善书，为国朝第一，篆法石鼓诅楚，隶法梁、钟，草法羲、献。或得其片文遗帖，亦夸以为荣。然公之才名，颇为书画所掩，人知其书画，而不知其文章。知其文章，而不知其经济之才也。”当我深入了解赵孟頫的生平后，我更加钦佩薛老师了。

薛老师询问了我近来的状况，便又开始接着上次的故事向下讲。

寒假里的一天，薛子才正在家里的热炕上看书，妻子从外面进来对他说，停会儿，和你说件事。

薛子才的目光从书上移开，随口问道，什么事？你说。

你是不是和你们学校的一个女教师好上了？妻子直直地看着薛子才，目光如炬，让他很不自在。妻子人长得干瘦，但很精干，也特别勤快，家里大小事情，她都能处理得井井有条，让薛子才轻松不少。他多次想过，如果没有她，他这个教师是当不成的。

你是不是和一个女老师好上了？她逼视着薛子才，又一次问道。

他心里一惊，但表面上并没有慌乱，连忙说道，哪有这样的事？纯粹是无稽之谈。

那么你和那个女教师一个锅里吃饭，下午到学校外面逛街道，还到学校后面的小路上去，是干什么？

妻子果然知道了这一切。早在和梅溪合灶做饭之初，薛子才就想到这事肯定会传开，也会传到妻子耳朵里，但梅溪的好意薛子才又不忍心拒绝。在许多个春天或秋天的下午、饭后，梅溪都会邀约和他去学校后面的田间小路走走，偶尔也有别的同事。每到这个时候，他既高兴又担心。在西北部的农村乡镇上，一男一女两个中年人在散步，人们一定会猜测这两人的关系。

曾经，薛子才想和梅溪低调相处，但她的落落大方，让他内心深处的担忧渐渐变淡，他无法拒绝她的任何邀约。到后来他索性什么也不顾了，别人爱咋说就咋说吧。其实，他发现已经暗恋她了，他享受并珍惜和她在一起的时光。

薛老师是我父亲的学生。对别人介绍我时，她会这样说。落落大方，不亢不卑，那语调，那表情，仿佛薛子才是她的哥哥。

这个时候，薛子才的大脑总会恍惚，混沌一片。

我们学校老师经常搭伙做饭，甚至有些关系好的，进门看别人饭做好了，就掺和到一起吃呢。至于你说的逛街之类，是因为同事之间经常相邀出去散步。这些事你不要大惊小怪。薛子才很淡然地对妻子说。

什么时候不要我了就说。妻子的疑心有所减弱，但她的话还是意味深长。

说的啥话嘛！薛子才看向妻子说。其实那会儿，他的内心是惶恐不安的。因为和梅溪的关系，他动过和妻子离异的念头，但又想到孩子的问题不好处理，这个念头一闪而过。

更重要的是，薛子才和梅溪虽然关系很好，但完全没有到谈婚论嫁的程度。他们谈论的，都是些工作和生活中的事，更多的是文史类知识，或艺术上的。

那一年的秋季即将开学，教师提前一天到校，教导处排课，全体教师开会，准备次日迎接学生报名。薛子才打扫自己房间卫生时，有同事来借东西，向他说起教师的调动，他急忙问，谁调了？同事说了几个名字，当薛子才听到调走的有梅溪时，震惊不亚于晴天霹雳。他想，那会儿他的表情一定是僵在脸上的，脸色一定特别难看。几秒钟后，他回过神来，装作很随意的样子又问了一遍，他担心听错，但调走的人员里面的确有梅溪，她调到县一中去了。

同事走后，薛子才决定去梅溪那里看一看。其实，在上学期某次闲聊时，她曾对薛子才说过要调走的事。她说得轻描淡写，他附和说，调到县里也好，你爱人在县里工作，一家人也就团聚了。

来到梅溪的房子门口，看见房门锁着。薛子才心里忐忑，不知她去了哪里，也许还没有来学校。左顾右盼的时候，梅溪从远处走来了，远远地，她微笑着问薛子才，今天来的？正准备安顿下了找你呢，向你道个别。

听说你要走了，过来看你需要帮忙吗。

他们进了房子，梅溪说，刚才去办了些交接手续，今天走不了，明天走吧，等会儿我要开始整理东西。

你东西多，我到街道给你找几个纸箱？

那就麻烦你了。梅溪笑着说。

下午，薛子才正考虑要不要去找梅溪，看她有什么需要帮助的，没想到她找薛子才来了，薛老师，到外面去走走？

好！薛子才心情大好。他觉得自己真是一个奇怪的人，每次见到她，他都笑笑的，好像很开朗，很阳光。但和她分别后，他总有一种孤单和失落感。

他们像往常一样，出了校门，沿学校后面的那条乡间小道走去。这条小道上曾留下他们无数的脚印。路两边地里的玉米已经很高了，接近成熟，非常茂密。

薛子才向梅溪祝福，梅溪淡淡一笑说，其实我更愿意清静地生活在这个小镇上，十多年时间，我已经全身心地融入这里，我经常感觉我生来就是这个小镇上的一员。

梅溪说，我爱人骨子里是个粗人，脾气不好，爱发火，一言不合就大发雷霆。而且大量抽烟、特别爱喝酒。这些我都很反感。我喜欢你这种简单但有情调、又懂艺术的人，而且你的生活习惯很好。

梅溪还说了薛子才的一些优点，他无声地叹了口气。那会儿，天色已经暗了下来，田野里一片静谧，两边玉米地黑漆漆的，玉米秆在夜幕中静悄悄地站立着。梅溪说完之后，停住了脚步，转向了他，说，这也许是我们今生最后一次散步。

是的，极有可能是最后一次。说出这话的时候，内心泛上一丝忧伤。

她沉默片刻之后说，不早了，我们回去吧。

进了校园，许多房子里都亮着灯。分别的时候，梅溪说，你先回吧。薛子才望着她，不知说什么好，只说了两个字：好的。

回到房子，薛子才心乱如麻，在地上走来走去。后来，无事找事，把桌面上的东西整理了一遍，和衣上床躺着。他想，梅溪要走了，这辈子再做同事的机会是没有了，该送她什么呢？实在没有可送之物。这会儿想写字，连宣纸都没有。因为拮据，他写字多用废报纸，而且是关着门偷偷地写。

以后送吧。他想。

他又想，刚才分手时，她说“你先回”，这个“先”字，是什么意思？这是不是一种暗示？

也许他失去了机会，他们都是人，不是神。

他辗转反侧，难以入眠。好几次他起身下床，想去敲她的房门，又想，如果她问：你干啥？他该怎样回答？虽说关系不错，但这是两码事。更重要的是，如果被别的老师撞见，何以为人？他想起一句话：一失足成千古恨。

夜越来越深，已经凌晨两点多了，窗外的蛙声和秋虫的鸣叫声声入耳，让他想到这个世界并没有完全沉睡，一旦被人发现，颜面何存？当垆卖酒虽为美谈，但那女子的苦衷，别人无法体会。

第二天早上，薛子才知道梅溪要走了，便想着过去帮她干些什么。他看到她眼皮肿胀，脸上有疲倦之色。

昨夜没有睡好？他关切地问。

你早早睡了？她答非所问。

没有，我睡得很迟。说出这话时，他局促不安，怕她发现他心中的隐秘。

你这人，看着不笨，但有时是榆木脑袋。她笑着说完，又说，跟你开玩笑，不要介意。其实，你好着呢。

他看到她的笑容有些凄惨，有些无奈。

你能不能帮我找个车呢？把东西拉到县上。

好，他痛快地答应了。之后，找了本村一辆刚买的小型厢货车，帮梅溪装完所有东西，送她出校门远去。

梅溪调走之后，薛子才很少见到她，但是，一有机会，就在打听她的消息。

一次，在一个亲戚家的宴会上，薛子才拐弯抹角地向一中的一位老师打听梅溪时，那人说，那个女人惹眼得很，经常和某个老师站在校院里说笑，而且一说就是一节课，听说她还和某个校领导关系暧昧。

听到这话，薛子才连忙说，梅老师性格开朗，而且大大咧咧，但是人很正派的。那人听薛子才这么说，就不再说什么了。

和梅溪相处的那些日子，成为薛子才人生中最值得回忆的往事。薛子才知道许多人在传说他们的故事，对于他们之间无所忌讳的结伴散步，合灶做饭，那会儿他曾和梅溪开玩笑说，我这是给自己打广告呢。梅溪说，我都不怕人说闲话，你倒怕了？身正不怕影子斜，你怕啥呢？

薛子才坦然地说，我啥也不怕。

进入新世纪之后，手机这种现代化的通讯工具开始普及，薛子才也在大多数人拥有之后，给自己买了一个。那会儿薛子才已经退休，生活在农村，几个孩子已经成家立业，他们都有一份普通的工作，比之同村好些打工的，他们一家算得上衣食无忧，这点让他备感欣慰。

他和梅溪已经好些年没有见过面了，也没有任何形式的联系，他只是听说她退休后和丈夫去了市里。经过多方打听，在他曾经的学生的帮助下，知道了梅溪的电话号码。那个下午，他怀着激动又忐忑的心情拨通了梅溪的电话。

梅溪的惊喜是显而易见的，她的声音里充满了激动和兴奋，他们谈了一个多小时。梅溪让他有空了来市里，她可以陪他去修葺一新的那所有五百多年历史的公园游玩，并且向他讲了这里曾是明代藩王的后花园。也可以陪他去新修的时代广场，感受一下众多现代化设施营造的时尚氛围。

梅溪的邀请，让薛子才想起一些往事。她还没有调走时，位于镇西南方向的那个墓园开始被政府提起并建了围墙，据说墓园的主人是晋代著名针灸学家、文学家皇甫谧。墓园周围林木参天，幽远清静。许多个下午，他们穿过乡间小路去那里谒拜。梅溪的邀请，让他想起了沈园，也想起了“曾是惊鸿照影来”这句诗。

科学缩短了距离。一位著名作家在作品中这样说。是的，薛子才和梅溪虽然没有见面，但感觉得到，他们之间的心是相近的，心灵是相通的。

时间过得真快，一晃十多年过去了。这十多年里，发生了许多变化，首先是梅溪家里，她的丈夫患肝病去世。当薛子才知道这个消息的时候，丧事已经办完。

薛子才原本平静的心情泛起了波澜，每隔几天，他都会打电话和梅溪聊天，询问她的生活状况，说些无关紧要的闲话，也会聊起一些所谓的国家大事。更为方便的是微信的出现，他们可以在心情愉悦的时候视频聊天。他看到梅溪虽然老了，但还算精神，这点让他欣慰。

某天夜里，他久久难以入眠，突然，一个念头出现：和梅溪一起生活，度完余生。

这个念头在三十年前闪现过。如今，孩子已进入中年，老婆也于四年前患脑出血去世，薛子才孑然一身，内心时常陷入孤独。

老婆和薛子才生活习惯完全不同，她能吃能睡，喜欢什么吃什么，节食养生这些，她全然不相信，终于先薛子才一步离开了这个世界。

薛子才想和梅溪一起生活，度过人生的最后岁月。说真的，因为梅苏贻老师，薛子才对梅溪有过一些帮助，继而心生爱慕。在内心深处，薛子才此生深深爱过的，也许唯有梅溪。

但是，薛子才的这个想法，对梅溪无法说出口，对儿女们，他也无法说出口。

和梅溪虽然无话不谈，但情感问题，却从未涉及。几十年来，在儿女面前，薛子才为自己树立的是一个忠厚温和的父亲形象，在七十多岁时，薛子才突然要再婚，这如何让他们接受得了？他知道，即使自己张开这个口，他们也不会答应，他们会觉得父亲发疯了，也会觉得兄妹们颜面无存。在他们县城，偶有独居老人择偶，朋友们会打趣：给那个老太婆洗裤衩去了。但他觉得，如果能给梅溪洗裤衩，他也是心甘情愿的。

半年后，一次和梅溪电话聊天，她说，女儿劝她跟自己去北京生活，她不愿去，而儿子又在澳洲定居，这让孩子对她放心不下。梅溪还说，女儿听同学说，市里新建的福利院不错，要不去那里吧。

薛子才当即说，如果你去，我也去。

听到薛子才的话，梅溪咯咯地笑了，她问，是真的吗？你的话当真？

薛子才说，当然当真！

薛子才挂了电话，用微信视频跟梅溪详细谈了这件事的可行性。薛子才说，发达地区已经流行同居式养老，和喜欢的人、和能谈得来的朋友一起生活，总比把自己关在屋子里看电视要好得多，这样互相有个照应，孩子们也放心。

薛子才的要求立即遭到了儿女们的反对。在他们看来，父亲不是疯了就是中邪了。他们都在县上工作，照顾父亲也方便，为什么要去市里住福利院？是他们照顾不周吗？他走了别人会怎么说他们？

薛子才说，作为一个老人，有自己的孤独，也有终生没有实现的夙愿，如果你们想让我长寿，就该让我心情愉悦地生活。现在的我，不是单独待在家里，就是在树下看别的老年人下棋。其实，这并不是我想要的生活。

经过薛子才的不懈努力，在梅溪来到怡雅园不久，他也来到了这里。每天能看到喜欢的人，于他今生来说，别无他求。

我一次又一次地去找薛子才老师，似乎要把内心的苦闷向他倾诉，我觉得只有他才能解开我的心结。但见面后，我又难以启齿。

窥到我内心隐秘的薛子才老师，和我在怡雅园的树下散步。我们很少说话，只是一圈一圈地走着。

举直错诸枉，能使王者直。薛老师冷不丁地冒出一句。

您说的什么意思？我没有听明白。我感到跟不上节奏。

见过农村的扁担太软时，在上面背一截硬木，让扁担挺起来吗？薛老师并没有回答我的问题，而是反问。我随口说，见过。薛老师又说，这是孔子的话，说的就是这意思，用一个改变另一个。

我正在思索这话，薛老师又说，水至清则无鱼。这次，我听得很明白。

《蒙惠帖》你临过吗？我正在思索薛老师这些毫不相关的话语时，他突然又一次问我。

还没有，字少而文短，并没太在意。我如实说。

蔡襄《蒙惠帖》为行楷作品，取法《兰亭序》而又参以颜鲁公敦厚沉稳的成分，宏大了宋代行书尺牍书法的艺术内涵。到了临《蒙惠帖》的时候了。薛老师说。

我们都站住了，对视良久。抬起头，我看到天空红彤彤一片，明天一定是个好天气。

过 年

老康站在村道上，望着村口的方向。

这些天，老康会不由自主地向村口张望。他是在等人，在等他的妻子。或者说，还有他的儿子和儿媳。时间进入腊月，他一直在盼着他们早点回来。他明明知道今天不会回来，但还是忍不住去张望。一个人在家里，往日似乎并不觉得有什么问题，但现在感到有点冷清，快过年了，是该有点儿热闹响动的时候了。

老康叫康良士。那些年，他很为自己的名字自豪。同村的人名字分几类，有一类紧跟他们那个时代，建设、建军什么的。还有一类，跟他不远，科举、登科、俸禄等等。这一类，多是村子里那位老先生给起的。

老康他爷虽然不识字，但和别人有不同之处。他有个表弟，曾是个私塾先生。老康的爹起名时，老康他爷去找了表弟，于是，老康爹有了一个村民不太能理解的名字，叫若愚。村民们不理解，也没人去多想，都不愿白费那个心思。老康上学时，他爷又去了一次表弟家，表弟捻须沉吟好久，对表兄说，叫良士，这名字不错。老康高考落榜，回家务农，和父亲拉牛耕地时，看到父亲累得汗流满面，想自己也许得重蹈父亲的覆辙，便觉得两辈人都辜负了表爷的期望。

老康早年学了木匠手艺，后来到工地上干模板活，识得图纸，肯出力，人也勤快，久而久之，总会在那些小群体里当头儿，比别人多挣几个小钱。

五年前，老康感到腰疼，去医院一检查，腰椎间盘突出。起先不以为意，后来病逐渐重了，一使力气腰上就像被猪八戒来了一耙，干不得重活了。于是，老婆和儿子出门打工，他留在家里休养，干些季节性农活。去年，给儿子明仕娶了媳妇，小两口也出门打工，家里只有老康一个人。虽然显得孤单一些，但也逍遥自在。

前些年，老康虽说干的是力气活，但收入还行，和同村年龄相仿者比较，他的日子过得并不差。不但不差，还微微靠前。平日里并没有什么能让他发愁的事，夫妻关系也不错，兜里虽不是多鼓，但小钱不缺。儿子每年虽然挣钱不多，但完全够自己花，比起有些还伸手向家里要钱的年轻人，明仕要懂事得多。老康还有一个女儿，上了个专科学校，学的是护理专业，在外地的一家私人医院工作，过年总值班，不常回来。

在村道上站立了很久，空旷寂寥，前后不见一个人。这个时候，许多人家已经开始做晚饭，家家烟囱冒开了炊烟，老康便慢腾腾地回家，动手给自己做饭。

老康原来不会做饭，和大多数人家一样，都是女人做饭。那些年，在外面干活时，老康骑摩托车，和同村的伙伴一起，早出晚归，几辆摩托车跑成一个队伍，呼啸而过，可威风了。早上出发前，老婆把饭做好，他吃得饱饱的。中午如果附近有饭馆，就花十元钱，吃一碗炒面。如果没有，就吃早上备的馍馍。晚上回家，老婆把下午做的半成品重新进锅，一会儿就热乎了。吃了饭，躺在炕上看电视，安逸得很。

如今，挣不成钱了，倒得自己做饭。做饭不难，难的是可口。老康手笨，饭里就少了功夫，或者不知道功夫怎么下，就觉得自己做的饭不可口，没了信心，于是，顿顿凑合。工地上活儿停了的时候，村子里的麻将场子多了起来，老康闲得慌，便去观战，图个热闹。人手不够的时候，有人叫老康顶场，老康觉得自己近年不挣钱了，花的都是死钱，便不想上场，他怕输。但时间久了，总会手痒难忍。事后细算，有输有赢，但总的来说，是输多赢少。

腊月二十三已过，老婆月桂还没有回来。月桂年纪刚过五十，比老康小三岁，模样周正，并不显老，看上去风韵犹存。

老康这几天去了集上，买了各种蔬菜，黄瓜、青辣椒之类。还有各种干菜，粉条、木耳之类。到腊月二十六，买了大肉，羊肉，洗了，挂在阴处的房檐下。准备好这一切，他有点儿得意，要等老婆回来，才能做成各种半成品，过年时稍一加工，便可以吃了。

老康的老婆在县城一个正建的小区打工。前几年做过涂料工，她不太会干涂料，主要是给人家打下手。后来，给一个铺地板砖的师傅和砂浆，之后，给工地上几个头头做饭，吃饭的有十人左右，活儿也不累。前几天老康和老婆打电话，老婆说这些天工地在搞结算，放假可能到腊月二十八了。

说实话，老康心里隐隐有些不爽。月桂只想着挣钱，倒把他这个半老的男人忘了。再说，老婆常年在外面，并不怎么回家，她的行为端正吗？有没有什么不正常的行为？

腊月二十八，天气有些寒冷。凑合着吃了午饭，老康仍到村道上去。别人问他，他只说吃过饭活动活动。太阳西斜，冷风悄悄地在抚摸他裸露的脸和脖子，他感到冰凉冰凉的。好几辆车开进村道，扬起的灰尘很多，向里面的村子开去，老康很失望，也有些生气。都这会儿了，还不回来，真是把这个家不当家了。

弯腰点烟的时候，一辆黑色的越野车停在了门口，老婆月桂从车上下来了，看到他，说，来，把东西帮着提进去。老康走过去，从后排提出米、面、清油。月桂对司机说，王总，进去坐吧？那个人说了什么，老康没注意听，也不想听。

晚上，老康把火炉捅得很旺。月桂洗脸洗脚之后，问老康，晚上出去不？老康说，不出去，你回家了，我出去干啥？月桂说，你平时晚上不是出去吗？老康说，平时偶尔出去。

老康上了炕，在月桂身旁躺下。虽然五十多岁了，但很久没有和老婆在一起，老康有些冲动，但他心里疙疙瘩瘩的，仿佛生分了不少。试着张了几次口，月桂看他欲言又止的样子，笑着说，趁我没有在家，你和村里哪个女人勾搭上了？这几年村子里男人外出的多，你们这些男人在女人群里变稀罕了。老康有些生气，但看到老婆笑着，似在开玩笑，便说，我哪里有什么女人？老康没有说出口的是，都这年龄了，哪有精力搞那些乱七八糟的事。再说，他还想攒足劲儿，在老婆面前表现一下呢。

月桂看他说得有些激动，便说，我跟你开玩笑呢，看把你吓的。如果有女人，也不要紧，只是不要让我知道就行。

老康有些气愤，说的这是啥话嘛，太不中听了。他想和她讲道理，但知道讲不清楚，想想便没有再说什么，想亲热的激情一落千丈，他从炕头上拿过烟盒，抽出一支烟点上。

老康和老婆在文化层次上有距离。老康高中毕业，差点儿考上大学，月桂仅是小学文化。但文化程度高低，在日常生活中并无多大影响，处理事情的能力在日常生活中更重要。月桂是那种在农村什么事都能应付的女人。前些年，月桂在家，两人偶尔有矛盾了，也会和村人一样，两口子对骂，甚至还动过手。自从得病之后，老康独自在家，两人见面少了，偶尔见面，都尽量客气些，不愉快的事，都不去提了。老康觉得，人的年龄和肚量完全成正比。

一支烟抽完了，老康也想通了。准确地说，是暂时想通了。老婆在玩手机，老康伸手去搂她，老婆说，稍等。一会儿，把手机放在旁边，看到老康脱得只剩背心，便脱去保暖内衣。

两人平静下来之后，老康仍然点上一支烟，边抽边想心事。月桂面向老康侧身睡着，手里的手机传出低沉的蜂鸣。老康知道，那是有微信消息进来。月桂原来识字不多，但玩上手机之后，进步很大，不但能快速打字，而且把手机的各种功能全部玩精，老康不会时，也向她请教。

这几年，微信普及到千家万户，角角落落。儿子明仕在前几年给老康申请了微信，老康或被村上相好的村民拉进群里，或被一块干活儿的工友拉进群里，到阴雨天，有人用语音发消息，说些吃喝拉撒的事，或发些随手拍的照片，以此取乐。月桂也不甘落后，让儿子给自己申请了微信，加了许多好友。一段时间之后，老康发现，老婆比自己对微信更着迷。

康家庄的村民，在每一种新的事物出现之后，都会留下些值得回味的趣事。刚安装了电话，没有可打的事，便打电话问邻居在干吗？有回答在垫牛圈的、铡草的，问对方有什么事，回答没有什么事，问一下，并试一下电话通话效果。手机刚普及，打电话隐瞒位置，说在门外，让人家开门，开门后什么也没有。微信建群之后，在群里用语音开玩笑。总之，无聊能衍生出许多花样。

老康发现老婆换手机了，又听她在聊天，便说，看一下你的新手机。

月桂说，等会儿。好一会儿之后，月桂把手机递给老康。老康拿过来，去点微信，发现微信已经退出，需要重新登录。老康说，你把微信退了？月桂说，没有登微信。老康想和她争辩，想想还是算了，两人几个月没有见面，又要过年了，一旦争吵开了，过年也没有了好心情。再说还有一件事，老康需要月桂支持。

腊月初，老康听别人说，村上要进行新农村建设，整村推进，搞移民搬迁。简单地说，就是要整村规划，集中修建小康屋。老康心中一阵激动，家里住的是二十多年前修的土木结构房子，有些老旧，他曾想着翻修，但看到别的村陆续在修小康屋，怕自己刚翻修了，统一修小康屋时，没有钱了。十多年风里来雨里去，家里就攒下那点儿钱，乱花不得，得用到点子上。

听到修小康屋的消息，老康有些亢奋，他为自己的正确决策而高兴。他觉得，这次无论如何，也要抓住机会，哪怕付出些代价，也要搞到一个好位置。前些年在外面跑，私人的民宅，公家的大楼，老康没有少干。长期接触建筑这个行业，他知道一个建筑群里面，有好的地段和位置，一幢大楼里面，有好的房间。世上的事，不比不知道，一比之下，会有差别的。他还发现，一个群体里面，都会有帮派。哪怕三个人里面，相互也会有亲有疏。这是他五十多年人生中重要的感悟之一。

老康打算去找村支书。支书是这次小康屋的具体实施者，虽说还有其他干部参与，但支书有拍板的权力。老康和支书关系也不错，能说上话。

老康听说了，这次修建小康屋，公家给每户补贴两万元。他想，拿出一万元，挑个好位置，还是很划算的。如同城里人买楼房一样，楼层好，价钱肯定高。整个腊月里，老康都在盘算这件事该怎么办。因为开春之后，就要正式宣布方案，动工修建了。

老康想修，但觉得还得和老婆月桂和儿子明仕商量一下，赢得他们的同意。一个家里，如果意见分歧太大，办起事来肯定吃力。而且，修小康屋，自己能住多久？以后还不是明仕他们两口子去住。

月桂还在玩手机，但手机开了静音，一直没有声响。老康抽着烟，在想心事。月桂人长得不赖，在工地上干活儿，干的都是轻松活儿，那年到工地打探，当天就找到了活儿。在工地附近租了房子，一个人住。刚开始老康不想让老婆去打工，但她坚决要去，说两个人待在家里，大眼瞪小眼，瞪不出一毛钱，不是个事儿。后来说，找到合适的活儿就干，找不到就算了。这一干已经四年了，而且，从重活儿干到轻活儿，算算是步步为营，原来一个月多回家一趟，后来不定期了，最长曾有三个多月没有回家。原来每天晚上两人都要打电话，后来隔三岔五打个电话。有时老康打过去，没人接听。后来接通了，说和旁边房间女人聊天去了，没拿手机。有时接通了，老康问在干啥？月桂说在床上躺着，但老康听得出是在外面，明显有杂音。后来，老康对月桂变得有些不信任了，但没办法确定她是否说谎。苦思冥想之时，他从年轻人那里听说，微信里面有位置共享的功能。老康如获至宝，觉得可以掌握老婆的行踪了。好几次通话时，他觉得有问题，便挂了电话，要求位置共享，但月桂不理，无奈之下，老康打电话过去，月桂说没有提示。老康要求老婆发起位置共享，月桂说不会，老康在电话中教她，但月桂并不理会，还说要睡觉了，累得很。几次之后，老康觉得是月桂故意不配合他。在一个夜晚强烈要求时，月桂生气了，问他要干什么？不相信就来房子里看。两人闹得很不愉快，后来，老康也不怎么打电话了。倒是月桂打来电话，老康或在别人家打麻将，或没有带手机，月桂反问他在干什么。两人都喜欢给对方挑毛病，越挑越多，几次争吵之后，老康明显感到两人之间的好印象几乎吵没了。

思前想后，老康觉得还得把话挑明，不挑明心里有个梗，膈应不美。他对月桂说，咱村上开春要修小康屋，我打算给咱家修一处。详细说完，月桂并没有明确表态，而是说，你看吧，你觉得要修就修吧。这几年我在外面，并没有挣到多少钱。挣的钱除了吃饭、买衣服、买洗面奶等生活用品，也没有攒下多少钱。说实话，如果要修，我也帮不了你。我一个五十岁的女人，能养活自己就不容易了。

老康没有吭气，好一会儿，他说，家里的钱不多了，如果修，肯定不够。既然你每年都没攒下钱，混了个生活，那么过完年你不要去了，你在家里，把这几亩庄稼种上，我出去挣钱，身体不好，挣不了多，还不能挣个少吗！

月桂放下了手机，沉默好一会儿说，我在家里？你每年给我那点儿钱，我啥也买不了，穿衣服全是便宜货，要吃没吃，要穿没穿，白活了几十年。我如今出去，虽然攒不下钱，但也还能过个好日子。

对于月桂的这种做派，老康早就看出来了。这几年，月桂并没有给他拿回来多少钱。随着打电话时的争吵，老康也不愿追问她的收入。老康没有大的支出，所以不准备开口向女人要钱。但今夜，他总算明白了，女人完全独立了，独立到离他和这个家越来越远。

女人关了手机，好像在闭眼装睡着，但老康却怎么也睡不着。他在思考这女人从什么时候开始变了？按时间倒算，从跟那个姓苏的干涂料活儿时，已经不和他坚持每天晚上打电话了。后来，月桂在小灶上做饭，回家就更少了。老康知道工地上的规矩，那些出苦力的工人，多说话粗俗，有些有权的，对漂亮的女人，刻意安排些轻松活儿。那些人，多不带家属，又出门在外，对声誉并不是很在意。

对自己的女人，老康真拿不准，他心里没底。

月桂心里很坦然，呼呼大睡，她才不管老康的心情。你的心情或好或坏，那是你的事，我并没有招惹你。你自找烦恼，我也没有办法。

月桂其实没有睡着。

前些年，月桂在家里，干些家务，给老康早晚做两顿饭，倒也自在。她干活儿麻利，也爱干净，把家里收拾得井井有条。但后来，村子里的青壮年几乎全部出门打工去了，剩下的全是老年人，领着孙子。月桂越来越觉得寂寞，可以说话的人越来越少。在老康得病前几年，她要求跟村里的妇女们外出打工，但老康不同意。老康干一整天活儿，拖着一身灰尘回了家，等待他的是冰锅冷灶，家就不像个家了。老康生病之后，两人在家里待了近一年时间，没有收入不说，倒生了许多闷气。月桂嫌老康不讲卫生，不做家务。老康觉得这些活儿应该像以前一样，由老婆去做。老康觉得不挣钱了，能不花的就不花了。但老婆觉得老康太啬皮，花个十元八元也要过问，有时候还嫌她乱花钱。腊月里，月桂和打工回来的女人交流之后，再次萌发了开春出去挣钱的想法。老康不同意，说她挣不了几个钱。月桂说，我攒不下钱，最差总能混得住自己吧。最终，两边都作了让步，月桂去县城打工，离家也就几十里，方便。刚好，有同村的女人在县城租房供孩子上学，常在工地上干活儿，便把月桂介绍过去，这一干，已经四年了。那女人在孩子考大学之后去了大城市打工，月桂倒扎下根来。

外面的花花世界容易培育思想，月桂有了自己的想法。

前些年，出不了门，但看到打工回来的女人穿着很洋气，花钱由自己，月桂心里很羡慕。又常听那些女人说外面有多好，自由自在，更动心了。另一个方面，她觉得每次花钱，都要从老康手中去领，完全没有主动权。她觉得打工既挣了钱，又见识了外面。再说，一个人，自由自在，趁现在年龄不算老，把早年失去的都补回来。

还有一个原因，她们家里日子不算差，给儿子娶媳妇之后，还有几万元积蓄，暂时也没有支出，生活上压力不算太大。

月桂很快便在工地上站住了脚跟，她跟着的每个老板，都对她不错，时间久了，也容易产生感情。许多个夜晚，月桂躺在出租房里，玩弄手机，也和老板聊天。月桂记得很清楚，那个姓苏的老板，专门承包楼房涂料。楼房上做涂料的地方不多，主要在楼梯和屋顶。他曾把整栋楼的楼梯扶手承包给月桂，让她去刷漆。月桂当然知道姓苏的老板是为照顾自己，以前按天开工资，每天七十元，如今，每天可以挣到一百二十到一百四十元。她期望苏老板把这个小区刷扶梯的活儿让自己干了。一天晚上，月桂接到老板的电话，老板明显喝醉了，一口一个我想你，我要到你住的这里来。月桂住的是大杂院，她知道是不行的，便安慰着苏老板，让他喝些水。到后来，苏老板借酒发疯，说些让月桂面红耳赤的话，月桂只打着岔。

第二天中午，月桂独自一人在楼道刷扶手，苏老板来了。月桂知道，他每天最少来工地一趟。他到室内去看一下刷屋顶的工人，之后，看一会儿月桂刷漆，并指导她怎么样才能刷均匀。

看到苏老板来了，月桂心里有些乱，看他一眼，便低下头去，干手中的活儿。

从第一次见到月桂，苏老板便有些动心。

也许，好的猎人，对猎物都是暗中观察好久，才发出致命一击。

苏老板对月桂，也是如此。

苏老板把月桂手中的刷子扔掉。整栋大楼，当天的哪类活儿在哪个位置，作为老板，不会不清楚。

月桂并没有反抗。四十多岁的女人了，虽然不是情场老手，但什么没有经历过呢？

也许是一拍即合，也许是水到渠成，月桂回想，发现自己内心是期望有这样一个境遇的，不然自己心里觉得吃亏。

经过和苏老板的接触，在她的潜意识里，已经有些看不起自己的男人老康。相仿的年纪，相似的经历，老康脊背佝偻，模样猥琐。

在一个肮脏的角落，两人更多的像是一种工作上的配合。从那天开始，他们的关系开始特殊起来。其实，都明白对方的真实想法。在众人面前，两人一本正经，连开玩笑都没有。

苏老板是外地人，月桂在他这里干了一年半之后，他在市里承包了一处比较大的活儿，准备离开这里。临走，他有些舍不得月桂。这个女人虽不是很漂亮，年龄也有些偏大，但这女人能干，没野心，不会像别的女人一样向他或暗示或直接开口，要钱或要东西。这女人唯一的要求就是给个轻松些、工资高些的活儿。而这个要求，对苏老板这样的人，简直就不算什么难事。曾经有个女人，缠着苏老板要补偿，否则就找到家里去。后来挪了工地才甩掉了。更重要的是，只要苏老板有那方面的要求，月桂都尽量满足。对这个低成本、小风险的情人，苏老板真舍不得放手。

苏老板曾要求月桂跟他到市里工地去，但月桂考虑再三，没有答应。其实，月桂是觉得，跑那么远，也多挣不了几个钱，如果哪天苏老板不给好些的活儿了，还得回来。再说，这边租的房子没有到期，生活用品不少，搬一次也不容易。更重要的，月桂感觉得到，苏老板对自己，并没有动感情，两人是各取所需。想明白之后，月桂直接回拒了他。

分别之前，苏老板倒有情有义，并不是送了月桂什么，而是他觉得月桂还算靠谱，就把她介绍给自己的一个朋友，这个朋友是建筑上承包主体人工的。

苏老板介绍说，这女人心眼儿实。

苏老板走后，月桂到王老板工地上，先开电梯，不久到小灶上去，开始给几个管理人员做饭，工资虽然没有刷扶手高，但这里管吃管住，月桂便长时间干了下去。这个楼盘很大，分三期，这几年是第二期。

月桂和王老板的故事，发生得没有任何前兆。做饭两个月之后，月桂跟这里的每个人都熟悉了，也知道这伙人全是外地人。和别处几乎一样，这些男人和她开玩笑，但没有人对她动手动脚。

可故事却突然发生了。这天晚上，王老板在简易板房做的办公室里复核账目，到十二点多了，他觉得肚子饿了，便去敲不远处灶房旁月桂的房门，让月桂给他拿个馒头。月桂已经睡着了，听到老板叫，便急忙穿上衣服开门，去旁边灶房给老板拿馒头。拿到馒头之后，王老板没有回办公室，却跟着月桂来到她的房间。

月桂进屋刚要关门，看到手拿馒头跟在身后的老板，一时不知该怎么办。王老板说，你稍等，我关了办公室的门，有话对你说。月桂还没有想明白，王老板已经锁好办公室的门，来到月桂房中。

后来，王老板给自己在旁边搞了一个住处，用于夜里办公之后就近住宿，但更多的是为了和月桂住在这里。老康好几次打电话，旁边有杂音，是王老板用手机在看视频。这些年，对王老板来说，见过太多想通过少出力气挣钱的女人。他的工地上，有过很多这样的女人。只要看得上眼，上手几乎不费吹灰之力。而月桂这样年纪偏大的女人，也有自知之明，不会提什么过分要求，各取所需罢了。

第二天，老康的儿子明仕和媳妇回来了。那会儿已到下午，小两口进门的时候，老康正在火炉上煮猪腿，月桂正在油锅里炸油饼。屋子里香气四溢，似乎有年的味道在飘散。

儿子和儿媳年初出外打工，在江浙一带。平日里老康和儿子打电话不多，每个星期大约一次，互相问一下是否平安，仅此而已。老康觉得儿子大了，不该自己操的心，自己就不操了。再说，那么远，自己对环境并不熟悉，说得再多，都是隔靴搔痒，不解决任何问题。

有时候，老康觉得儿子似乎没有长大。出门打工好几年，也没有攒下钱。攒不攒钱没问题，老康不大在意，家里虽不富裕，但还没有什么事因为钱而打住的。他觉得，如果儿子两口子能把自己混好，过几年生个孩子，他们老两口在家领着，这日子也就凑合着过去了。自己如果能再活二十年，到七十出头，孙子也就上大学了。在老康眼里，如果儿子的婚姻不出问题，家里一切都不是问题。老康之所以这样想，是因为近年当地彩礼太高，二十万了，加上其他费用，得三十万。而且，这几年娶的媳妇，离婚率高，如果离婚，经济损失都在数十万或更多。

老康发现，近年有些人对婚姻的契约精神看得淡了，认为那就是一张纸。而两口子，就是可以正大光明睡一张床上的两个独立的人，自己挣钱自己花，不向对方算自己的经济账。老康有这个发现后，向别人了解，发现好些人家是这样的。当然，也有多数人家跟以前一样，心往一处想，劲儿往一处使。

第二天就是除夕，月桂很勤快，从早上起来就在准备全天的食物。按当地习俗，除夕早上吃手工面。月桂早起擀面的时候，儿媳云霞进了厨房帮忙。过了一会儿，老康点燃了火炉，进厨房到水瓮里去舀水，准备烧开水泡茶，看到老婆已经在切面，儿媳切菜，老式灶台的角落里，鼓风机发出轻微的轰鸣，大锅里冒着热气，整个厨房里全是氤氲之气。老康出了院子，看到儿子梗着脖子在雪堆上刷牙，一抬头，屋顶的灶房烟囱里冒着蓝烟。房檐下的铁皮烟囱里，也冒着烟。老康感到，院子里还得有人住，一住人，一生火，一个院子都活了。

吃饭的时候，老康对儿子说，中午把那个旧火炉找出来，扫一扫上面的灰尘，还有几节旧烟囱，把炉子安好，给你们的房间把火生起来，人在房里也就不冷了。

儿媳没有说什么，儿子说，在家里就一个星期时间，搞那个太麻烦。

老康没有再说。中午，他到放柴火的旧房子中找到火炉，拿到院子里，把上面的尘土扫掉，找出几节旧烟囱，也扫了扫，但是不见儿子，他在院子里喊，明仕，明仕，好久没人吭声。好一会儿，儿媳从房里出来说，明仕不在，他要去了。老康说，你给打电话，叫一下，让他回来把炉子安起来。

等了一会儿，儿媳说，没人接听。

老康在院中呆呆地站了好久，回到房中，看到老婆月桂躺在炕上玩手机，对着手机笑着，他竟然有些失落，点上一支烟，闷闷地吸完，索性也到村上去转悠，年轻人都不在家，去了哪呢？村道上连个狗都不见跑。

下午吃过饭，趁着全家人都在，老康说，开春之后，咱村上就要规划修建小康屋，我觉得咱家得修。咱这房子说新不新，说旧不旧，凑合倒差不多，但人家都修，咱不修没面子不说，以后人家搬得远了，咱独门独户，不安全也不方便。

老康说了一大堆，没有一个人吭声。老婆不吭声，在他预料之中。儿子不吭声，他没有想到。儿媳不吭声，他也没有想到。

老康没想到会有这种结果。他觉得自己一年不如一年，如果不抓住这次机会，以后被别人把好位置全占了，咱不修不行，修了地段不理想，心里留了梗，一辈子堵心，与其那样，不如当机立断，提早下手。

老康又说了一遍，儿子终于说话了，儿子说，我这几年没攒下钱，如果修，我帮不了你什么忙。

老康看儿媳脸上有一丝不悦之色，也没有在意，他说，我是为你们修哩，我住哪儿都行。我想着你们年底回家，有个干净的去处。钱的事，我想办法吧。你们今年出门去了，要省吃俭用，能寄回来多少是多少。

小两口都没有作声。

到晚上，老康再次对月桂说他的打算时，月桂说，在家里修小康屋，不如在县城里买楼房。

老康觉得老婆疯了。他有些吃惊地看了她一眼，问，在城里买楼房，得多少钱?

月桂说，买个大些的，得五十多万吧。

老康觉得老婆真是疯了。他有些生气，问道，五十多万，咱有那些钱吗?而且买了还要装修，还要买家具，总共得多少钱?以后每年还得几千元物业费和暖气费。

月桂对老康的态度有些不满。没有钱，是怪你无能，别的不说，工地上那么多的大小老板，人家老婆娃娃住楼房，自己开小车，哪像你，干了一辈子，没挣下多少钱。

月桂冷冷地看着老康，过一会才说，没有钱怨我吗?你在外面跑了那么多年，跑了个啥出息?别人都混成包工头了，你依然是个打零工的。如今倒好，在家里无所事事。如今，你怨我什么?

老康对女人的说辞很生气，这纯粹不讲理。老康记得去年秋天，老婆回来帮他收玉米，闲聊中，老婆说，这几年政策这么好，有本事的人一年少说也挣个二三十万元。

那天老康有些不认识面前的女人了。这还是那个和他生活了二十多年的老婆吗?听那口气，似乎是哪个老板的老婆，财大气粗。

气氛明显不愉快了。这几年，老康变了，他不再像以前那样认死理，和月桂无法沟通时，他便自作主张。其实，这几年也没有什么大事，他可作的主张不多。

明仕的房里，两口子也说得不愉快。明仕说，今年咱确实得攒些钱了，家里要修小康屋，得二十多万吧，爹肯定没那么多，咱今年看能不能攒些。说完，看云霞的表情，好一会儿，云霞才说，有那么多钱，在这地方修小康屋，不如到城里去买套楼房。

云霞口齿伶俐，平日里也很逞强，明仕觉得媳妇如果在一些事上不配合，他也没有办法。而且两人对对方的父母，很多时候就像说不相关的旁人，真有些嬉笑怒骂的意味，反正又没有当着父母的面说。

到正月初六，早上吃过饭，儿子两口子出门打工，临出门时，儿子来向老康道别，老康除让儿子注意安全外，悄声说，今年攒些钱，家里钱肯定不够。另外，把你媳妇挣的钱也问着些，不要让她挣多少花多少，一点儿也不往家里拿。

老康说这话，有向老婆说话的意思。

对于这样的结果，老康觉得还是要自己拿主意。别人的意见，只是个意见而已。再说，他对自己家里的现状是清楚的，别人既然指望不上，那就不指望了，如今这年龄，这家底，修小康屋，算不上风险太大的投资。

正月十六，月桂说要去县上。老康问，这会儿工地还没有开工，你去这么早干啥？月桂说，王老板和她联系了，说今年开春早，部分楼内的地暖、内粉要开工，他们管理层得提前上班，月桂得去给他们做饭。老康很无奈，人家要走，他有什么办法？他想让月桂给自己做饭，小康屋开工之后帮个忙，但月桂不同意。

月桂走后的第三天，村上就宣布修小康屋的开始报名。那会儿老康吃过早饭，正在刷碗，支书打电话说，就那事，你过来，说罢挂了电话。老康一时反应不过来啥事，呆呆地站了会儿，一拍脑袋，心里骂自己笨，赶紧赶往支书家里，一问，人在村部，于是又赶往村部。在支书的办公室里有几个人，支书正在花名册上登记。看到老康进来，支书说，老康，你干啥呢？你不会是登记修小康屋吧？老康一愣，随即说，我想修呢，今天报名吗？支书说，你来得正好，这会儿刚开始报名，你是第六家。各位，把你们名次记好，我逐户登记。

人们互相说着今天运气真好，刚好带着钱，又刚好来村上。其中有人说准备去街上，把儿子过年时拿回来的钱存了，看到支书在村部门口贴告示，便跟着进来了。

这当儿，又有几位进来，一时间，房子里挤满了人。

由于去年冬天地基已经平整好了，报名过了规划总户数的三分之二，村上便召集开会，讲了要求，推荐了施工队，并且强调，虽说独立自主，但统一工队，统一施工，做出来质量肯定没问题。

老康有些犹豫，他曾设想自己备料，叫工队施工，这样在材料上不会作假，以后质量可靠。或者自己备料，自己当工头，招募大工小工，这样也许更省钱。

犹豫了几天，老康打电话向儿子诉苦，儿子说，云霞说修那干啥，以后谁还住农村里？修那个是白扔钱。老康听到这话，觉得好像被兜头泼了一盆凉水。儿子又说，要不就不修了吧，我们常年在外打工，家里修得再好，一年也住不了几天。

挂了电话，老康想，两辈人经历不同，眼光也不一样。打工没有保障，能打工则打工，不行就回家来，把那几亩地种了，不至于饿肚子。那会儿跟儿子说这话时，儿子说，你啥眼光，都这时代了，谁还说混饱肚子的事？人家外面的老板，都讲究一年挣几百万呢。几百万你懂吗？买粮食的话，几十辈人都吃不完。

老康觉得，儿子跟媳妇一嘀咕，不但没有说服媳妇，反倒被媳妇收买了。

实在不行，老康给老婆打了个电话，老婆说，我不主张修那个，修得再好，还是在农村，不方便。

老康有些生气，赌气说，买楼房没有那么多钱。再说，都这年纪了，住城里干啥？别人住城里有工资，我们有啥？

月桂听老康说得有理，便说，你自己看吧，如果你有本事，修别墅都行，家里就那点儿钱，你看着办吧。言下之意很明显，她不打算为这件事拿钱。

月桂之所以这样说，是和王老板说起，王老板说，你家钱多吗？月桂说，给儿子娶了媳妇，就剩下十多万元了。

老康见老婆如此这般，退而求其次，要不你回来吧，修房子有两个月就差不多了，修好之后你再去县城。

老婆一口回绝，给人家打工，又不是在自由市场赶集，想走就走。

老康很生气，说，家里修房子那么大的事，你都不管，还是这个家里人吗？

老婆说，你说是就是，你说不是就不是。以前在你手里领钱花，我受够了。要修，你自己办，我又没让你修。

老康很生气，挂了电话，一连好几天闷闷不乐，不知道该修不该修。

这天，支书打电话，叫老康到村部来。支书很关心老康，说，别人家马上开工了，你家还没动静，你是承包给工队，还是自己备料？

老康很无奈，向支书详细说了老婆儿子都不支持。支书听完哈哈大笑，说，你怎么这点儿事都拿不了主意？这明显是千载难逢的好机会，过了这个村就没有这个店了。你选的位置这样好，不要犹豫了……

从村部出来，老康似乎身体都长高了几厘米，看天气也晴朗多了。有人问老康，你准备咋整？老康爽声说，包给工队吧，我家里没人手，一个人忙不过来。那人说，这样也好，一家挣钱的，你划不来出那个力气，跑前跑后的。包给工队，你手叉腰里当掌柜的，工队就给你把一切都做好了。

开工了，果然如支书说的那样，大多数人家包给了工队。老康吃过饭，就在工地上转悠着，看一群大小工给他干活儿。对建筑行业，他懂，他觉得只要把活儿做好，多花几个钱也无所谓了。他想着，到后季了，去外面的工地干活，别人每天挣二百六，自己挣二百，别人每月干二十四五天，自己每月干二十天，一两年之后，也会把亏空补上。再说，他还有一个女儿，如果依近年的彩礼，除去陪嫁等一切开销，至少还能剩余十五万。有这一笔钱，他万事无忧，这也是他修小康屋的底气所在。

大约两个月时间，工队就把主体做完了。和前几年用楼板不同，如今建房，全部用混凝土现浇，凝固之后，结实得很。门窗由支书统一联系好了，于每家来说，省了好多事。自家花了那么多钱，选的位置并不是最好的，便有些耿耿于怀。

这期间，月桂只回来过一次。老康对月桂讲建房的经过，月桂并不是很感兴趣。月桂回来，也不是看望老康，而是拿自己夏季穿的衣服。

老康由于资金缺口太大，主体完成之后，并没有粉刷，也没有装修。即便这样，结算之后，老康欠工队十五万元。

收完小麦之后，老康考虑再三，觉得得出去打工，否则，这账欠着，人家工头向他要呢。而他，已经没有任何积蓄了。

白露之前还得收二亩玉米，之后还得种四亩小麦，老康觉得出远门不行，还得在近处干。再说，家里无人，他放心不下。

老康推出已几年没有骑过的摩托车，擦干净，给轮胎打好气，一发动，感觉不点火，推到镇上，修理铺作了全面检修，换了机油，调整了刹车，老康和以前的工友联系，要跟他们去工地打工。

刚开始，老康觉得家里没人不行，防止有人撬门扭锁进去偷东西，每天下工后买一碗面吃了，再骑摩托车回家。干了十多天，他感到腰疼加重了，歇了几天，还吃了些药。

后来转移阵地，到另外一个镇上干活，有些远，老康租了一间旧民房，给房东五十块钱，说好住十来天时间。

收秋种麦之后，有人联系到县城的一处活儿，是一个正建的小型楼盘，可以干到年底。老康和月桂联系，想让她搬出来，在外面租间房子，两个人住，但月桂不同意，说不方便，每天得多走路。老康无奈，只得和工友合租了房子。

老康身体不好，干活儿有时候是三天打渔两天晒网，所幸是个技术工人，每天工资不低，每个月下来，也能挣到四千多元。

晚上和工友聊天，说起家里情况，老康极力回避和老婆有关的话题，久而久之，工友看出来老康总是欲盖弥彰。他们也知道了老康老婆月桂在另一个工地做饭，老康越是隐瞒，工友越发在背后猜测老康和老婆之间的麻烦，但当面也不问了。

工友同村的另一个工友，在王老板那个工地干活儿，一次雨天回家，两人说起闲话，工友便说了老康老婆在那个工地做饭的事。那人说，那个女人我知道，在那个工地时间久了，虽然年龄偏大，但人长得不错，手脚也麻利，我们都知道她白天做饭，晚上陪老板睡觉。

老康的工友很是吃惊，他反复确认这是不是真的。那人说，都几年了，工地上的人都知道，还能有假？工友想到老康修小康屋欠账，身体有病来工地干活儿，而老婆居然这样做，心里很愤慨。

立冬了，工地停工了，老康早就期待着这一天。他的腰部经常疼痛难忍，一直吃止痛药凑合着。他曾想着当个保安，每月也有近三千元工资。但一打听，那些年龄大的都已经干了几年，成了能享受特殊待遇的老人手。如果招收新人，必须在四十岁以下，老康显然不符合条件。

临分别前，工友吞吞吐吐，对老康嗫嚅良久，欲言又止。老康看他想说又不便说的样子，装作很大度地让工友随便讲。

工友吞吞吐吐地说，我听说你老婆和那个姓王的老板关系不正常，你还不如跟踪他们，抓个现行，敲他一笔钱，也省得你拖着病身出来打工。

老康没想到工友说得这样直白，于是脸色变得很难堪，像是被人迎面打了几拳。但还是故作镇静地说，我知道，我俩已经离婚了。

工友走后，老康并没有马上退掉房子，他心乱如麻，在房中转圈圈，感觉腿软了就坐下来，坐会儿又转。他在考虑这件事该怎么办。老康一方面觉得丢脸，另一方面又觉得工友说的也对。如果能把修小康屋的欠账还掉，至于月桂，她想怎样就怎样吧，老康管不了，也不想管了。

老康经过好几天跟踪，发现那人晚上多半不住在工地，他在别处租有房子，一块儿住着的还有他的儿子。偶尔也在工地过夜，工地虽然有围栏，但完全能溜进去。

这一夜，老康发现王老板的车停在工地门口，知道他在这里，他也知道月桂住哪间房子。等夜深人静之后，老康潜进项目部，在院子里的黑暗处潜伏。老康想去找月桂，又有些忐忑不安。一是自己难以面对，二是怕控制不了局面。思前想后，老康又想到那十多万元的欠账，他搓了搓自己的脸，鼓足勇气去敲月桂的房门。

王老板这夜的确在月桂房里。和这个女人相处，他没有负担，不怕被她纠缠，通过这几年的相处，知道她的性格并不泼辣，也有点儿掩耳盗铃、自欺欺人的好面子。寂寞的时候，在她这里，他找到了家的感觉。虽然儿子也在工地，但这种事，别人哪好意思给他的儿子说。

在这之前的一天夜里，王老板从手机的监控中发现有个人影在门口晃动，他以为是个要饭的或者是疯子。第二天问看门的，并没有丢失东西，就没有太在意。今晚，有人在敲房门，他通过手机监控，能准确清楚地看到门口的人。他问惊醒的月桂，这人是你老汉吗？月桂一看，确是老康。王老板对月桂说，咱得先下手为强。月桂也不知如何是好，只能默不作声。王老板给看工地的保安打电话，说院里有贼，让过来两个人，赶到外面去就行。

从去年开始，王老板听说有可移动的摄像头，价钱不贵，更重要的是这种监控可以在手机上调转镜头，放大画面，一个顶原来的好几个，便在工地重要位置安装了，和自己的手机连接起来，随时随地可以看到工地实况。

老康并没有注意后面，他全神贯注地在敲着房门。

有人低声呵斥，哪里来的小偷，贼眉鼠眼看啥哩！老康又急又气。这当儿，他发现对方有两个人，知道今晚逃不掉了，但又不能如实解释，他干脆一言不发。

老康被人带到门房里，那人问他：你叫什么？来这里准备偷什么东西？

老康正不知如何是好，一个保安接了电话，对老康说，赶紧滚，要不我们打110！

老康在慌乱中被推搡出工地的院子，向前走了几步，他感到腿疼得厉害，一拐一拐地回到住处，一进门就跌倒在床上，第二天早上，他发现腿肿得厉害，挣扎到县医院，拍片一看，是骨折了。

老康住了几天院，为了能让合作医疗报销一部分，他说骑自行车摔着了。那些天里，他悲愤至极，没有给月桂打电话。有天月桂打来电话，老康也没有接，他对这个女人彻底绝望了。

没有完全治愈，老康就回家了。老康无端很生气，想骂人，不知骂谁才好。于是，索性出院回家。一连好些天没有出门，每天简单做顿饭，有时候是做一顿吃两顿凑合着。那些天，老康几乎每天都能接到建小康屋的小老板的电话，催促让他把余款结清。半年时间，老康在工地上挣了近两万元，全部给了工头。虽很需要钱，但老康心里窝着一股怨气，不向月桂打电话。他想着开春之后，到工地上去，只要身体不出大的问题，两年之内，他有把握把欠账还清。

老康还有个更重要的想法，女儿大了，到了出嫁的年龄，如果能哄着让她回来，以当地的彩礼，他一下子还清欠账，还有剩余呢。

于是老康便和女儿联系，问问她的工作情况，让她做个打算，今年最好能回来过年，如果有可能，把她的档案等一应东西带回来，在本地找个工作。女儿说，当地只能找个临时工作，每月不足两千元，根本就不够花。她工作不打算调回来，但过年后回来。老康很无奈，对方是女儿，还未婚，只能好言好语，不能生气翻脸。有一点让老康心里一喜，女儿吞吞吐吐地说，找到男朋友了，是本县的老乡。听到这个消息，老康想，老乡见老乡，不会不知道当地的彩礼行情。

老康也和儿子联系过，让他往回打些钱。儿子说，今年找的厂子不景气，每月也挣钱不多，到年底回家时，把钱给父亲。老康心里有了一点儿欣慰。今年出这么大力气，总算有儿子理解他。

冬天，村子里人多处，再也看不见老康的影子。他觉得无脸见人，出门觉得臊皮。更多的时候，他来到自己的小康屋，望着空荡荡的房子，望着粗糙的墙壁发呆。就这样子，已经花了二十七万，如果要住进去，最少还得三四万元。他突然有些怀疑，当初修小康屋的执念是不是正确，他陷入了犹疑之中。

这天，从小康屋出来，碰到支书。支书一家已经搬进新居，前几天乔迁之日，村上人去凑热闹，老康想了想，让别人给他捎了份子钱。人多处，他不想去了。再说，他心里莫名其妙地有些恨支书。看到支书从远处走来，老康转身走开，假装没有看到，但支书在远处喊，老康，老康。老康无奈，只得站住。支书到了近前，说，我看着像你，但又不像你。你原来腰不好，如今腿好像有问题了，走着好像有点儿瘸，是腰疼引起的吗？老康有点儿紧张，但他没有急于回答，后来，他低沉地说，是腰疼引起的。

马上就到年底了，月桂依然没有回来，老康不愿打电话去问，有一天和儿子打电话，问他和他妈联系了没有，儿子说，前不久联系过了，他妈在一家超市里当理货员。老康想，月桂确实是铁了心不愿回这个家了。

村道上的人明显地多了。虽然多了，也就数得清的那么几个人。平日里从村道走过，几乎不见一个青壮年。偶尔在人家的大门外，会遇到有晒太阳的老年人。

和往年一样，腊月二十三四开始，每天简单吃过饭，老康便到村道上去，远离别人，不由自主地向村口张望。或者，他在院子里走动，格外警惕，他不知道儿子什么时候会回来。而且女儿说，她会根据放假情况，随时回来。

腊月二十八，儿子回来了。儿子到家的时候，老康正趴在炕门洞前烧炕，屋子里烟雾缭绕。儿子进屋并没有喊爹，老康全神贯注，感觉身后有人，一回头，是儿子明仕。老康说，回来了，你媳妇呢？你吃饭了没有？

儿子脸上的表情并不好，没有回答老康的问题，反问道，炉子没有生火？炕不是煨着煤吗？怎么烧烂柴呢？

老康站起来说，今年冬天没事，我扫了些树叶，烧炕就用树叶凑合了。今年修小康屋花得多了，我没有买煤和炭，今冬炉子没有生火。

儿子没有吭声。老康看了下儿子脚旁的拉杆箱，向院子里一望，一切如旧，寂静无声，并没有其他人。

老康问，云霞呢？

儿子说，没有回来，我们离婚了。

儿子说得很平淡，但老康却像当头挨了一棍，差点儿晕倒在地。老康抓住了椅子的扶手，才没有摔倒。

好一会儿，老康回过神来，问，你们为啥离婚？

明仕说，说不到一起，就离婚了。

老康说，说不到一起，不知道少说两句？离什么婚？

儿子说，我心里烦，你少说两句行不行？

老康望着儿子，张了张嘴，没有再说什么。过了一会儿，老康说，你还没有吃饭吧？我给你做饭？

儿子说，我不饿，等会儿饿了，有路上买的方便面，泡一桶就行了，你不用管。

老康说，晚上睡哪里？我前几天给你烧炕了，如果你单独睡，我这就给你烧炕去。如果咱俩睡这炕上，我就不用烧了。

儿子说，不用烧炕了，等会儿我插电褥子吧。

六七月份，老康有一次和儿子打电话，问起儿媳，儿子说去了另一个城市，老康便有些担心。老康根据自己的经验，觉得两口子如果离得远，会造成感情疏离。

老康得知儿子两口子分开，很出乎意料。那天，他和儿子打了一个多小时的电话，详细询问了分开的原因。得知两口子并没有闹矛盾，老康松了一口气。他让儿子去媳妇那个城市，或让儿媳来儿子这边。老康说，两口子，应该工作生活在一起，好有个照应。

但儿子却很不以为然。儿子说，并不是很远，想见面有两个钟头，也就见到了。再说，长期生活在一起，矛盾也多。老康提醒儿子，两人分开生活，感情上容易疏远。儿子说，他们感情好着呢。现在看来，他们感情好啥呢？感情好能离婚？

马上就过年了，老康和儿子简单地买了几样青菜，买了几斤肉。对老康来说，今年的年是最没有年味儿的一个年。到除夕那天，老康接到包工头打来的电话，说自己没法过年，今年修建小康屋时，欠别人的砂石料、钢材、水泥、人工费等，由于住户没有付清，他也没有钱给这些人结账，到今天，仍有一波又一波的人上门来要钱，有些人相对好说话，他向人家诉苦之后，人家就走掉了。而有些人，要不到钱，就不离开。这不，老婆孩子都躲出去了。他实在没有办法，才向老康打电话，请老康无论如何，也要凑个两万三万，他过来取。

老康嘴里说着，但没有个准信儿。早上他试探着问过儿子，儿子说没有带回来钱。老康看儿子心情不好，便没有再问。

勉强挂了电话，老康在地上走来走去，觉得那工头确实不容易。修农村的小康屋，工头利润低，比不得盖大楼。而这些所谓的小包工头，手里并没有多少钱，常常形成三角债务。

老康想来想去，还得问问儿子，今年没挣到钱，又和媳妇离婚，这么大的事，也不说一声，究竟是为什么？

老康小心翼翼地去问儿子，还是把儿子惹怒了。儿子用没有过的口气吼道，还不是你坚持要修小康屋，修那个有啥用？家里没有人了，你去住！你一个人住两院房子……

老康呆呆地在儿子屋里站了一会儿，等儿子吼完了，才慢慢地退了出来。

明仕和媳妇云霞正月里出门，过去一年仍然走的是江浙一带，刚开始在电子厂里，工作稳定，但收入不是很高，每天也有充足的休息时间。除工作之外，明仕不是太喜欢外出，因为每次外出，都得花掉几百元钱。但几百元花掉了，似乎也没有干个什么，而这几百元，等于好几天白干了。于是，他尽量减少外出。但云霞不同，每当明仕劝她时，她都像赌气似的，还捎带着骂一顿老康，说有那钱不知道去城里买楼房，修那个干啥？口口声声等她和明仕回去住，花那么多钱，还不如用利息去住县城的高级宾馆。等以后老了打不了工，回去住的时候，早破旧得不成样子了。再说，等老康这辈人下世，村子里早没有人了，回去住那干啥？

云霞贬损着老康。明仕气愤，但又无法反驳，只是气愤地说，你本事大得很，你到城里买套房子我看看！我以后还回老家去！

两人经常为这种事拌嘴，到后来，云霞说有个工友在另一个城市为她找了个工作，她不在这里干了。明仕说，你上哪干都行……

两人大吵一架，云霞收拾自己的东西走了。

妻子离开之后，明仕感到一下子轻松了，每天下班之后感觉清静了不少。偶尔两人打个电话，能说则多说几句，如果话不投机，就挂了电话。

云霞到另一个城市打工之后，和明仕一样，觉得清静了许多，两个人之间不再拌嘴吵架，每天下班之后，除去到外面逛街，她就在出租屋里玩手机。云霞喜欢看一些情感类文章，有些事对云霞来说并不新鲜，从初中毕业出来打工，到现在结婚之后打工，已经在外面跑了十年多了，结婚之前，她也换了两个男友了。

她刚出门打工那年，在一个饭店里，有一个年轻的厨师对她很好，平时体贴她，下班了有时约她去商场逛，还给她买些零食。渐渐地，云霞对这个厨师有了依赖心理，一次他们相约去城外的风景区游玩，到天黑时，他们在烧烤摊吃烧烤，云霞经不住那人的哄劝，喝了不少啤酒，后来竟然醉了，那人便扶她去宾馆开了房，在云霞半推半就中有了人生的第一次。后来，两人经常在一起过夜，云霞把这个男人当成了自己的终身依靠，但是随着时间的推移，这个男人的暴力倾向越来越明显。渐渐地，她有些怕他。第二年，她换了城市，和他断了联系。之后，她还遇到了一个大她十多岁的男人，他皮肤白净，有一头天然的卷发，一说话就笑笑的，对云霞很客气。在那人的哄骗下，云霞跟他发生了关系。那会儿，他每次约云霞出去，云霞都清楚他要干什么，但总是管不住自己。每次从小旅馆出来，云霞都很恨自己，不想说话，只是低头走路，那人看云霞不高兴，便要去给她买东西，而且很舍得钱，每次都花好几百。他也会给云霞钱，让她喜欢什么买什么。后来那人成了厨师长，再后来，那人说自己有老婆，孩子都四五岁了。在云霞心里，早知道和他没有结果，但她管不住自己。

明仕一直记着云霞给他讲过的一件事。一个小老板经常来那个厨师长和云霞工作的店里吃虾，每次他都要云霞为他服务，有次他问云霞的电话号码。那会儿厨师长刚好从后堂出来，对那人很反感，感到那个中年男人很可恶。和云霞说起，云霞说那人每次都会对她说好些话。他让云霞记着，那人再来了说一声。后来，他对云霞说，有一次那人来，他没有让别的厨师调蘸虾的汁子，他亲自去调，加佐料，后让服务员端给那人。

那年腊月回家，父母托媒人给她找婆家，见到明仕之后，云霞觉得这小伙儿老实，于是便答应了。前后不到两个月，完成了见面到结婚的全部手续和仪程。开春之后，她由从娘家出发，变成由明仕家出发，但目的没有变，都是出门挣钱。

独自在另一个城市里，无聊之时，云霞用微信上附近的人和摇一摇功能，加些陌生人聊天。但纸包不住火。一次明仕来这边，云霞把最近常联系的几个客户全隐藏在黑名单中，她以为万无一失，到了夜里，她去卫生间时，手机里来了一条消息。虽然解不开手机屏幕，但这几个字明仕却看到了，一下子全明白了。等云霞进来，问她怎么回事，云霞说不知道，也许那人发错了。

但明仕要看她的手机，云霞说什么也不给，两人闹了一夜，第二天就去民政局领了离婚证。

离婚之后，明仕某天夜里在烧烤摊子喝了太多的啤酒，踉踉跄跄在马路上乱走，被一辆摩托车撞倒，摔得不轻，但摩托车逃跑了。明仕被人发现，报警之后送到医院，有工友联系到云霞，云霞向父亲说了自己离婚的事，向父亲要了四万元，还凑了两万元，给了明仕。明仕雇人侍候自己，一个月下来，花了四万多，又两个月没有上班，几乎花完了这六万元。人沉默多了，不愿意和别人多说话了。

正月里，老康大概了解了儿子离婚的事，知道再想从云霞娘家拿回彩礼，除非打官司，让公家处理。但面对自家的处境，他不愿去丢那个人，弄得众人皆知。但是他一下子感到压力大极了。

父子两人常常无言相对。老婆的事，老康也不愿对儿子去讲，毕竟是他的母亲，自己不愿和她见面可以，但她老了，总得明仕照顾，如果形象太差，明仕怎么面对？

到了正月初五，女儿明霞回来了，说是回家过个晚年。让老康没有想到的是，明霞还带来了男朋友，这让老康觉得春节有了那么点儿喜庆，心里重新萌发了希望。

说实话，明霞的男朋友长得很普通，似乎还不如儿子明仕。老康失望之余，觉得只要女儿满意就行，于自己来说，不就是准备要些彩礼吗？他眼下最急需的是钱，只有钱才能解决他的燃眉之急。

女儿和准女婿向老康介绍了自家的情况。原来未来的女婿姓于，家在县城的川道里，属于山区，家里条件不太好，但他们以后不在家里生活。小于也在那边工作，现在一个小区里当保安队长，每月也有三千多元工资，而且工作轻松，上班不累。他们对老康说，结婚之后，准备在那个小区买一套房子，凑钱按揭，以后两口子的工资每月也有七千多，慢慢还。老康看到女儿和准女婿在憧憬他们的未来，他不知道该说什么。第二天女婿要回家了，女儿也要去，第一次见公婆。临出门，老康对准女婿说，你们的婚事我不反对，但得按咱们本地风俗来。有些规规矩矩你不懂，你回去了，让你爸来，你爸肯定懂。女婿和女儿走了。

两人走后，老康想，他们说这次回来打算结婚，而且仅有不到一个月假。老康觉得，这次彩礼的多少，得看未来亲家的人品。因为他觉得，女儿这桩婚事，和腊月里集市上媒人介绍不同。媒人介绍的，男女双方并不熟悉，父母会帮着分析，会拿一大部分主意，这其中，如果彩礼谈不好，完全可以另找。更何况，第一步是男女双方没意见，第二步便是说彩礼的数量，之后双方商量新婚物品，再订婚，这桩婚事才算确定下来。而彩礼，有个大致的行情。

明仕原来准备正月初八外出打工。面对女儿即将结婚，老康让儿子暂缓一段时间，安顿好明霞的婚事再外出。明仕没有说什么，但行动上答应了父亲，他也知道妹妹的婚礼他得参加。

第三天，来了两个中年男人，由见过一面的准女婿小于领着。小于介绍说，一个是他的父亲老于，一个是他的舅舅老孙。问起明霞怎么没有回来，小于说，他们下午还得回去，明霞来回不方便。老康听了，虽然没有说什么，但内心深处，有些怨恨女儿。再说要结婚了，但规矩得有，你如今住在人家，让我说彩礼时底气何在？

两边经过小于介绍，互相寒暄一番之后，老于开门见山，说和老康商量一下日子，给孩子们成亲。老于进一步说，日子已经托风水先生择好，就在正月十六，在这边举行个简单的订婚仪式，娶到那边之后，再举行结婚仪式。如今时代不同了，一切得按新的习俗来办。之后，孩子们稍作休息，就得去单位，时间上紧迫得很。

老康有些生气，这不像来商量，倒像来通知。于是，他一言不发，只是不停地抽烟。

到后来，老于看老康不表态，便说，亲家，你对娃娃这桩婚事没有意见吧？

老康说，对婚事没有意见，但你们有一项最重要的事没有说。他的意思是想让对方开口，自己直接开口要彩礼，有些不好意思。更何况，这是他们该主动提的事。

老于装糊涂，一言不发，脸上的表情一片迷茫。

老康无奈，只得对老孙说，他舅，你出来，我跟你说件事。

两人来到院子里，老康说，咱本地都有彩礼，你们不会不知道吧？老孙说，知道，咱本地是有彩礼，但娃娃是在外地自谈的，属于自由恋爱，咱们咋说彩礼？再说，他们还要买房，得一大笔钱，又是农民家庭，没有收入，总不能因为彩礼让这门亲事坏在你手里吧？

老康感到天色昏暗，似乎阴沉沉的。他沉默了好一会儿，说，这是你的话？还是老于的话？

老孙说，是我姐夫的话。

老康说，你等会儿进去对他说，虽然在外面自由恋爱，但都是咱本地人，打开天窗说亮话，得照咱这里的规矩办事。别人女子彩礼十八万十九万，最高的二十万出头，我这女子，我供着上学，也不容易，一毕业刚开始工作挣钱，就要出嫁，我没有享过她的福，这彩礼咱不和最高的比，但总不能比最低的还低吧？

老孙说，我对他说清楚你的话没问题，但是有一点你可能不知道，两个娃娃在一起已经一年多了，而且你女儿怀孕也四个月了。

啊？老康忍不住惊叫一声。

经过老孙出出进进反复地传话谈判，最终，两边彩礼说到五万元，仅有老康预想的三分之一。老康想，这些钱还不够明霞上高中到大学时的花销。而且他指望用女儿出嫁的彩礼还小康屋欠账的希望，一下子落空了。但是，他不答应有什么办法呢？

到晚上，老康思前想后，觉得得给月桂打个电话。前几天，他让明仕给月桂打了个电话，已经说清楚明仕离婚的事。电话里，月桂似乎很冷静，说，既然已经离了，这会儿说也无用。明仕也没有心情和母亲多说离婚的事，便挂了电话。

老康拨通月桂的电话，两人都是一阵沉默。好一会儿，老康说女儿找了个对象，要结婚了。老婆只说了三个字，我知道。老康又说，彩礼今天说好了，说了五万元。月桂说，怎么说了那么一点儿？老康本想详细说，但心情不好，不想多说，他说我也想多要，但人家不给，我有什么办法？月桂说，说多说少由你办，只要你不怕别人笑话，我无所谓。

老康便挂了电话。

正月十四的下午，月桂回来了，她得准备一下女儿出嫁的酒席。至于陪嫁的东西，老康和那边说好了，在彩礼里面退八千元，由女儿到那边去之后，需要什么买什么，现在陪嫁多了，也不好带。老康知道，女儿出嫁之后，他落到手里的彩礼不足四万元。因为，得买些必不可少的东西。还有，女儿出嫁当日，作为父亲、母亲、哥哥都得发红包。到正月十五那天，男方把明霞和新买的衣服送过来，第二天再来几辆车，把新娘明霞娶回去。

但天不作美，十四日下午，天阴沉沉的，跟老康的心情差不多。第二天元宵节凌晨，老康一睁眼，觉得睡过头了，但一看手机，才五点半，以往这会儿，天还没亮。看一下旁边睡着的月桂，睡得正香。老康没有起床，点上一支烟，悄无声息地吸起来。

昨夜，他们并没有说太多的话，更没有久别夫妻之间的亲密行为。老康对老婆绝望了，加之家中各种不顺利，他感到压力太大，没有心情，更没有激情和冲动。

抽完一支烟，老康穿衣起床，来到外面，白茫茫一大片，刺得他睁不开眼睛，原来夜里下雪了。老康这才记起邻居说的最近有雪的天气预报。

一整天，雪花像鹅毛一样，飘个不停。老康一边扫雪，一边想起一句当地谚语：八月十五阴一阴，正月十五雪打灯。他不知道去年八月十五中秋节是否是阴天。但不管怎样，今天是去年冬天到今年开春最大的一次降雪。

到下午，天色暗了下来，老于家也没有把明霞送回来，无奈之下，老康给未来的亲家打电话，询问为什么没有把明霞送回来，以及他们的打算。

老于声音很响亮，在老康听来，有些亢奋，而且旁边有杂音。听得出，他家院子里或房子里有不少人。老康能想象得到人家正置身于一片浩大的喜庆气氛之中。

对老康的问题，于亲家似乎成竹在胸，回答得流畅大气，不卑不亢，倒是老康，似乎底气不足。

老于说，雪大路滑，没有车愿意跑这么一趟特别危险的雪路，听说县上运输公司也停运了，结婚的日子不会变，依然是明天——正月十六。老于爽声笑着说，办法他都想好了，把门前的硬化路扫上一百米，租辆本村的小车，绑好防滑链，在百米之外，明霞换鞋上车，娶回来就行。老于还说，你家里人来不了没关系，仪式完全能举行。

老康好一会儿说不出话来，老于连喂几声，听不到老康说话，便挂了电话。

老康坐立不安，不知如何是好。他走出走进，看院中雪被他扫掉，觉得雪并不太厚，走到大路上，雪又特别厚。而且脚印也少，大多数青年人都出门打工了，村里又只剩下些老年人了。

已到夜里，老康想给女儿打个电话，让她明天不要结婚。电话通了，老康畏畏缩缩说了自己的意思，女儿说，不结婚咋办？人家把菜买了好多，馍馍也买了四五百个，厨子把菜都做好了，不结婚，把这些东西倒掉给狗吃？

老康很生气女儿的态度，他觉得很失望。明霞那天听男朋友说她爸爱财如命，她觉得自己还得买楼房，老爸居然要趁她出嫁大捞一把，太让她失望了。

老康半夜难以入眠，他想和老婆商量，但知道她对彩礼无所谓，或者说，老康的压力她感受不到。

天亮后，老康给亲家老于打电话，让他派个信得过的青年人，走着把彩礼送过来，也就四十多里路，虽说是雪路，三个小时总会到吧？最不济，一天走个来回总行吧？实在不行，晚上住我家也行。

老康以为没什么难办的，但从今天起，他可以称亲家的老于却说，没有借到钱，所以，也就没有彩礼了。如果你的女儿和女婿以后大发了，让他们报答你，让你享福吧。最后，亲家还说，女儿结婚，雪大路滑，你不能亲自到场，总会给女儿女婿发个大红包吧？多的没有，每人两千元总有吧。

到后来，老康似乎痴呆了，他不知道亲家还说了些什么，也不知道什么时候挂掉电话的。

后来，月桂常常能想起老康挂掉电话，愤愤地对她讲亲家不讲理的那些话时，她向老康说过的一句话，你能弄个怂，踏的全是背脚。老康像没听见一样，呆呆地望着她。

从早上到中午，老康或头顶着雪片瘸腿走出走进，或用推耙在清理院子里的积雪。中午明仕在热炕上睡着了，突然听到院中哎哟一声，惊醒之后，觉得不妙，出门一看，是父亲倒在院中。明仕问怎么了，老康说推雪时一使劲儿，觉得残腿很疼，好像又骨折了。明仕把老康扶到房里，扶上炕躺下，老康让明仕找根直径一寸的木棍，拿来手工锯子。老康说了尺寸，让明仕锯了一长一短两截，找到一根铁钉，订在一起，成了个 T 形。明仕说，这个木料皮也没取，做拐杖太粗糙。老康说，也不常用。月桂在炕上躺着，没有说什么。

月桂把午饭做好了，喊明仕端给老康，但老康不在了。也许，月桂回灶房之后，老康借助拐杖出了家门。雪依然纷纷扬扬，下个不停。月桂以为老康气愤难忍，出去找人散心去了。明仕觉得父亲也许去了妹妹那里，讨要彩礼去了。

第二天，天气依然没有放晴，雪时大时小。到第三天，雪基本停了，月桂想去县里，结了超市的工资，到王老板那里去上班。前天，元宵节那天，他们联系过了。

突然之间，他们都觉得老康不在已经好几天了，打老康手机，在房中一个角落里响起，这才发现老康没带手机，这一切似乎有些不太正常，便出去找了近门的几家，又去报告了支书，大家分头去找。但找了好几天，没有找到。于是，发动更多的村民，分头到村子的角落落去找。

时间过得很快。月桂依旧去了县城，明仕去了外地，他家两院房子，里面空无一人，门上都挂着铁猴子。到收麦子的时候，有人看到月桂回来收麦，一个人忙碌，也没有人去帮她。

树下的阴凉处，坐着的老头在说些闲话。

乡村抒情诗

许多时候，祁富元老人喜欢蹲在门前那个碌碡上。碌碡在这个位置一动不动放了近十年了。从碌碡两边的竖截面可以看出，陷进土里至少有三寸深了。竖截面上有一些深褐色的水锈，越往下颜色越深，是岁月的风尘和雨水搅拌在一起，在太阳的一起一落中慢慢涂上去的。只有碌碡的顶部位置，被频繁踩踏，能看出日子的新鲜来。

老人手里拿着一支烟，并没有点燃。他看到自己拿烟的手背像酱鸡爪一样黑里透红，而且瘦。皮下的青筋暴起，像藏着蜿蜒曲折的蚯蚓。他想，酱鸡爪也是有肉的，有些还胖乎乎的，自己的手为什么那么瘦呢？只有一张黑皮裹着骨骼。

低下头，他看到干瘦的小腿白里透红，脚面有些灰黑，皮蔫蔫的。他想起刮胡须时，小圆镜里那张老脸黑里透红，上面有不少黑斑，眼皮耷拉，鼻梁也瘦了，好像家里废弃不用的那把刀狭窄的刀背。鼻孔变大，鼻毛像野草一样争先恐后地向外疯长。嘴唇变薄变青，没有一点儿血色。

刚才，扶贫工作队的苏队长来找他，要买他脚下的这个碌碡，说是村上修建文化广场，要把这个碌碡摆在那里当装饰品。

这让他很为难。如果卖了，价钱不会太低，但是碌碡就不属于他了，别人就可以肆无忌惮地蹲在上面。

考虑再三，祁富元老人还是答应了苏队长的要求。苏队长来过几次，人很和气，手里这支烟就是他刚才给的。那会儿他说，这碌碡是好几代人用过的。他爷爷这样说过：这碌碡是我爷爷用五斗麦子换来的，从十五里外的街上拉回来。他记得小时候入社时，这碌碡随别的东西入了社。包产到户时，他费了好多口舌，在农具的分配上做了让步，才把它要回来。那年冬天他找了石匠，从太阳刚冒出地面的时候开始，石匠在崖上的场塄里左手握钎，右手抡锤，在碌碡上凿出一条条紧挨着的渠来，露出新鲜的石碴 。那会儿火星迸射，碎石飞溅，石块落下。他在不远处拿三块破砖支个“灶”，用树枝生火，在上面熬罐罐茶，用酽得变稠的浓茶招待石匠，把玉米面馍馍在火上烤热，给石匠当早点。几天之后，碌碡被“改”小。他用手推车把剥下的那些石皮、石碴倒进村民们扔垃圾的浅沟时，非常心疼，好像扔掉了自己的旧棉袄。

前些年，外地人开着小型载重汽车来村子里，用铁簸箕之类的东西换农家不用的农具，碌碡、石磨盘、木斗、升子和套牲口用的鞍鞯、辔头之类。好些人家把这些旧物件当作垃圾处理了，但祁富元老人制止了老婆，只允许她用一只升子和一个陶盆换了一个小铁簸箕。老婆去世八年了，那个铁簸箕还在。每当看见那个铁簸箕，他都觉是物是人非。

苏队长笑呵呵地听他说完，才让他要个价，他显得为难，说那年一百元没有卖。苏队长说，给你二百元。他有些意外，但没有表现出来。苏队长当即掏出二百元递给他，说用的时候，会让人来拉。

两人还说了一会儿话，苏队长问起了他的老伴。祁富元老人觉得这八年时间仿佛一晃而过，好像夜里他的睡眠一样短。他天黑后上炕，看一会儿炕头方桌上的电视，之后早早睡觉。第二天天不亮就醒了。那会儿鸡刚叫过头遍，声音高亢嘹亮，尾音很长。夏天的凌晨，他不愿睡了，就靠着被子坐着，看窗户慢慢变白。下了炕，在门口的土炉子上熬茶，直到太阳升起。喝下三杯酽茶之后，走出大门，在门前的崖边走走。周围幽静无声，不时有几声清脆的鸟鸣。他蹲在碌碡上，什么也不想，静静地，仿佛是一尊雕像。偶尔有同村上了年纪的人走过，他会大声地打招呼，和人攀谈。其实，他能遇到的人很少，中青年都出外打工了，只剩下老年人，但老年人又有多少呢？毕竟有些人和他老婆一样，已经在塬面上自家的承包地里占据了一个位置，安静地长眠于地下了。

老婆刚去世那几年，他去地里干活儿，总要在老婆的坟前站一会儿，想一想过去的穷苦日子，想一想老婆这一辈子的不容易。老婆十七岁进了他家的门，和他一起生活了五十多年。他记得很清楚，媒人约好女方要来家里看看时，他和老爹在窑后空空的粮囤里填上麦草，在上面铺上从大队部找的旧报纸，倒上一层粮食。女方被蒙蔽了，觉得男方家里日子过得还不错。老婆为他生了五个孩子，三男两女。年轻时他们因为某件事争执时，他会呵斥老婆，老婆便不再争辩，但会小声地嘟囔。随年龄的增长，老婆自言自语的毛病越来越明显，她总是小声地说一些事，大到庄稼、子女，小到鸡狗，随心所欲。他曾经用激烈的言语向老婆表达过不满，但老婆依旧不改。后来他想，她爱说就让她说去吧！如今没有人在旁边嘟囔了，是清静了，他却感到孤单。

院子两边不远不近还有几座院落，都是建在自家窑上的场塬里。但前几年人都搬走了，有的去了县上或外地，有的在村里的统一规划下修了小康屋，附近只剩他一个人。因为靠近沟边，远离村道和村部，这里便人迹罕至了。

苏队长说，除了修建新的村部和文化广场，让村里的人有活动娱乐的地方外，还要办合作社，让群众有挣钱的门路。

虽然苏队长很热情地讲了很多，但祁富元老人听得不是很明白。他一辈子务农，不会做生意，也没有想过做生意。刚包产到户那些年，孩子还小，每年夏天，本地麦子没有成熟，他就在旧帆布包里装上老婆烙的饼子，带上冬天穿过的旧棉袄，和同村的几个人去陕西“赶场”当麦客，十多天挣个一二百元。回来时在集市上顺便买些扫帚、木杈、镰刃等夏收用具，准备割自家麦子。他们吃自带的饼子，向附近的门店里讨水喝。晚上睡在房檐下，盖带去的棉袄。如果碰到连续雨天，气温降低，便披上棉袄。这样的生活他经历过近二十年。

每当想起出门当麦客的事，他就会想起同村的黑牛来。黑牛也是每年都去当麦客，但是一到陕西境内，就会买一只烧鸡，坐在去往目的地的车上大吃起来，涂了红油的肥胖的烧鸡引得别人馋涎欲滴。黑牛还喝着自家土蜜蜂产的蜂蜜水。当然，黑牛也会给同行的每个人撕一小块鸡胸脯上的肉，这往往会勾起他们更大的食欲来。他曾想什么时候能有一只烧鸡，痛痛快快地吃个够。

但前些年，外孙来看他时带了一只，他却没有吃出记忆中的那种味道，只觉得腥味很重，他发觉自己已经不太习惯吃肉了。黑牛虽然和他一样穷，但想吃什么时就会毫不犹豫地买来吃，五年前得脑出血去世了。

祁富元老人闲时也会回想自己一生的经历。大儿子三十出头时，在外地打工出工时意外受伤，得了不到十万元赔偿，全部被儿媳拿去，说要供两个孩子上学。儿媳领孩子去了县上，祁富元老人想孙子和孙女，千打听万打听，辗转五十多里路上门去看。当他把拿去的青菜放在地上，埋怨儿媳近一年了不回来时，儿媳生气了，说，我不回来是忙着呢，你这样高喉咙大嗓门地吼，让别人以为我干下什么见不得人的事了！

二儿子到娶媳妇的年龄，家里穷，到外县当了上门女婿。这些年打工为生，日子普通，所幸的是孩子大了，能自食其力了。

三儿子和他生活在一起，为了能够给孩子提供更好的学习环境，三儿子一家决定去城里打工，让孩子上城里的学校读书。

和苏队长聊了一会儿，老人觉得投机，便问，会做饭吗？进去给咱们做饭，我不想做了。

苏队长说，做饭没问题，但这会儿吃饭还早，再说我还有好多事要办。说罢转身走了。

看到苏队长走远了，祁富元老人下了碌碡，走进宽大的院子，进了厨房，开始做饭。

这是一个半亩开外的老院子，两边各有三间大房子，大房子旁边还有小房子。以前全家人都在的时候，院子里闹哄哄的，甚至感觉有些拥挤。如今，只剩下他一个人了。他把半个院子开辟为菜地，种了几样蔬菜，留着自己吃。更重要的是，他觉得院子里空旷，想让院子充实些。

房子虽多，但老人把别的门锁着，只住着一间房子，炕上睡觉，桌子上做饭，厨房兼卧室。炕前的方桌上是二十多年前买的一个十四吋电视机，偶尔解闷，只有在演秦腔时多看一会儿。窗下的桌子上摆着电饭锅，旁边放着一个案板，祁富元老人平时就在这个地方做饭。

老婆去世前，他不会做饭。前些年，他常做一种叫“雀儿头”的饭。这种饭简单，把面粉加水搅成糊糊状，用筷子挑着往沸水里滴，煮熟后把炒白菜倒进去，放上盐、醋、油泼辣子等几样简单的调料，就可以吃了。他从这种简单的饭菜开始做起，学会了擀面条、蒸馒头、炒蔬菜。

从白露开始，老人傍晚都要烧炕。儿子让他插电热毯，但他觉得电费高，玉米秸秆之类的柴火不少，放着也是浪费。因为烧炕，房子里被他熏得黑漆漆的，尤其是房顶，黑乎乎一片。儿子曾经埋怨过他，后来也许觉得无法改变，便由着他了。

儿子三十八岁了，近年在西安的一个批发市场打工。时间久了，业务熟练，每月挣四五千元，但孩子上学花销大，也没有攒下多少钱。儿子曾说要回来照顾他，但祁富元老人不同意，他不愿拖累儿子，想让儿子挣些钱，把孩子供出来。但他听说这几年青年人结婚都要买楼房，如果孙子结婚，儿子拿什么给买呢？这些问题在脑中一闪而过，他不会多想，也知道想了也是白想。

做饭时，他想起一件事来，如果那会儿给苏队长说了，也许他会帮自己。前几天他看到村道上有收割机，便想着玉米也能收了，可以雇收割机去收，再叫侄儿开三轮车来把玉米拉回家，结果车还没到院子里，就有人找上门来。原来是他老眼昏花，把连畔人家的玉米给收割了。祁富元老人到自家地里一看，玉米并不太成熟，于是想着过几天再收吧，谁知到时收割机却去了别处。玉米没收回来，他总是心焦。

下午，天雾蒙蒙的，看不见的水珠织成了一张大网，劈头盖脸地罩下来，沟对面村庄也看不见了，就连跨沟而过的巨大输电缆也看不见了。祁富元老人仰起头，似乎有水珠落下来，他听见老窑外的沟边传来巨大而低沉的吼声，一声连着一声，特别有规律，那是地牛的叫声。他想，今晚可能会下雨。

近些年，每到秋季，这种雾蒙蒙，若隐若现的细雨天，他都会听到地牛低沉的叫声。小时候曾寻着声音去找地牛，但一次也没有找到。他曾经觉得离那个位置近了，但那声音却没有了。有时候他觉得在这边，找过去之后，又在那边叫起来。年龄稍长，他就没有了那种好奇心。老人说过，那不是真正的牛，而是虫子。也有人说，那是一种鸟。后来，他也是这样对儿子和孙子说的。

老人依然蹲在碌碡上，看着从自家门前通向村道的小路，小路从好几户人家窑洞上面的场里穿过。曾经，每逢夏收或秋收时的雨天，有人径直走过，打碾庄稼的场面变得触目惊心，一行烂脚印招来场主人的咒骂。现如今，近一人高的荒草长满整个场面，原来的鲜亮辉煌一去不返，留下不足一米宽的小路，延伸向村子中间的水泥硬化路。两边杂草手舞足蹈，使小路若隐若现。幸亏那年村上修机耕路铺了沙子，如果凭他偶尔走一次，小路也许早就不存在了。脚下的碌碡周围，杂草虽被他清理过几次，但依然长势蓬勃。

每当动手做饭时，每当下雨天雾蒙蒙感到压抑时，他就会想起老婆。老婆的娘家虽然很近，但老婆一辈子却很少回娘家。他母亲去世早，老婆一进门，家里就有做饭之类活儿等着。老婆善良，总是担心他和父亲吃不上一口热饭。孩子渐多，更是离不开家了。到后来，两三年也回不了一次娘家。老婆去世前一年得病了，儿子打工回来领她去医院检查，说是心脏不好。住了十多天医院，稍好便回家了，吃些药维持，很虚弱，后来得了一场感冒便去世了。

连续四五天的阴雨之后，终于迎来了晴朗的好天气。祁富元老人来到村道上，向进村的方向张望。无论如何，得找个玉米收割机。村里人少了，也不好找人帮忙。若是四五年前，他拉个架子车，一天多时间就掰完拉回来了。如果不回茬小麦，玉米秸秆在立冬前就风干了，挖完拉回来用不了两天时间。在大门前旋个堆，烧炕做饭，省了炭钱和电费。庄稼人收入少，能省些就省些。但如今，眼见着地里有活儿干，却干不动了。

这几年儿子春节回来，总让他不要种庄稼了。他想，看样子你也没发财。再说，不种庄稼我干啥？虽说利润低，每亩只有四五百元，有些年甚至还没这么多，但有收入总比没有收入强。今年种玉米前，他叫拖拉机整理好地，捂上地膜。播种时，借了别人的轮式小型播种机，推着走，两个多小时就种好了。这些年，机械化程度越来越高，这让他省了不少力气。

在村道上站了好一会儿，有骑三轮或两轮电瓶车的人经过，老人打听收割机，都说没有见到。无奈之下，他决定到村口去看看。那里连接县道，也是通往镇上的必经之路，从外地来的收割机多会在那里停留。

来到村道和县道接界的地方，这里正在修建新的村部，场面很大。广场边上有个台子，台子的背景墙是砖雕的丰收图。看到这些砖雕画，祁富元老人想起了一些往事。

每个夏收之前，生产队都要抽调精壮劳力做砖瓦。祁富元老人是副队长，年轻有力气，便带领一帮人先从土场挖土，把那土像晒粮食一样晒干，用架子车拉到大场里，用小碌碡碾细，再到涝池里担来水，和泥。这泥得用人去踩踏。壮汉们高挽裤腿，赤脚反复踩踏，之后摔成泥墙，瓦匠便坐在树枝搭成的凉棚下做瓦。

有时别人下工了，或回家吃饭了，他会独自留下来看摊子。这时他会用泥做成元宝形的空心枕头。他的手艺很好，会在枕头上刻图案。也做或大或小像皮球一样圆的埙，他们称作哇唔。在烧瓦的时候，放到瓦窑里一块儿去烧，成品蓝蓝的，用水充分浸泡、晾干。瓦枕会让人耳聪目明，小的哇唔吹起来音质清脆，大的则音质浑厚。生产队还做各种兽头、凤凰、鸽子之类，建房的人买去，在房脊上做装饰，使房子显得威风气派。除此之外，他们还做檐下房腿子上方的饰品，在一尺左右的正方形泥坯上面雕刻各种吉祥图案。所有这一切，得把握好泥的软硬度。太软不好雕刻，刻了也容易变形，太硬则雕刻起来费力气。刻好之后，得用毛刷蘸水轻刷，使其光滑圆润。祁富元老人带队烧制的这些东西，为生产队作出了很大的贡献。

看到祁富元老人在门口张望，苏队长从一间房里出来说：我正要找你呢，记得你门口有些小瓦，如果不用，可以卖给村上，以前用过的旧农具，我们也要。

看到老人半张着嘴，苏队长又说：放心，所有这些东西，我们都会给足价钱，不会让你吃亏的，过几天我们再来挑选。

老人连忙说行。之后又说，你帮我找个收割机，把那二亩玉米收了。前几天错收了别人家的……他还没有说完，苏队长就笑了：我知道这事，你放心，我抓紧给你联系。

老人有些不好意思地说：老糊涂了，不中用了。苏队长说，玉米收了暂时不要种小麦，过几天我们开个社员大会，有些事还得商量下，再决定种什么。

你是说统一种吗？

对，我有这个想法，但究竟咋种，得和村民们商量。

苏队长忙别的去了，祁富元老人看了一会儿新修的雄伟宏大的村部和广场，心里想，国家还是富了，没有向农民收一分钱，就修得这么好，这得花多少钱？

祁富元老人把收回来的玉米棒子在院子里摊开，摊得薄薄的，七八天之后，他觉得干了，便在房檐下码起来。这些年收玉米的开着车上门，还带着脱粒机，现脱现装车，特别方便。他觉得还是自己用手剥粒吧，以后价格高了会多卖几十块钱。这些天里，他在为玉米忙活。累了，就蹲在还没拉走的碌碡上歇会儿，望望远方。

这天，苏队长领着几个村民，开着三轮车来了，要装他的小瓦。苏队长说，每个小瓦三角钱。祁富元老人笑着说，三角钱是不低，那些年我们做瓦时，每个三分钱。大家都笑了。把废物变成了现钱，这让老人欣慰。

十年前的那场地震让这里不同程度的受灾，祁富元老人的房子也有了明显的裂缝，老人一家因此被定为灾后重建户，政府补贴了两万元。儿子便把他建于20世纪80年代初的房子拆了，建了砖混的平房，用的是机制瓦，原来的小瓦不用了，摞在门口的树下。

瓦装上车后，苏队长说，我们得把碌碡推走。拉瓦的三轮车开走了，两个装车的农民推着碌碡，和苏队长走了。

老人站在杂草丛生的场院上，看那几个人撅着屁股，推走了他的碌碡，便有些怅然若失。这是唯一的祖传之物，如今让他卖了，真有些割舍不下，他突然有了些许负罪感。

他很意外地在草丛里发现了没被拉走的三块瓦，赶紧拿起来，吹掉上面的灰尘，进院子摆在窗台上。原来不值分文的东西，好像突然珍贵起来。

碌碡被拉走后，大门外没了可蹲的地方。天气暖和的时候，老人会坐在门口那截废木头上，但感觉不是很如意，往往过不多久，就进院子里去了。

立冬了，树上的叶子已经落完，光秃秃的，像一把把朝天而立的扫帚。场面上的荒草也变白变灰，完全干枯，矮了瘦了，缩头缩脑的。看到这一切，祁富元老人想到了“人生一世，草木一秋”。他常用这样的话安慰自己，父亲活着时也这样说。

院中柿树上的叶子早已落完，只有火红的柿子还挂在树上，像一个个玲珑剔透的小灯笼，给院子里添了些喜气。今年柿子不多，开花时节落过一场霜，有些花便被冻死了。柿子树一旦结果，就什么也不怕，不用打农药，长势总让人满心欢喜。连续的降霜使得门前的枯草在清晨时看起来变白变粗，晶莹剔透得让人心生爱怜。祁富元老人看了看柿子，知道摘掉还早。柿子是特大的那种，被称为火柿子，硬硬的，不容易变软。立冬半月后，在院子里种菜那地方，把废旧的门扇支平，用废砖什么的在上面围“城”，把柿子摘下摆在里面。第一层柿蒂朝下，第二层柿蒂朝上，第三层柿蒂朝下……也就四五层。这样摆放的柿子不会戳伤。之后，捂上玉米秸秆什么的。一夜时间，柿子就全冻硬了。有亲戚来，或过年时儿子一家回来了，摸出几个盛在搪瓷盆子里，倒入冰凉的清水，半个小时后，水里会有不少冰花，原来冻得硬邦邦如石块一样的柿子会变软，吃起来凉凉的、甜甜的，沁人心脾。

前几天，苏队长和胡主任来了，在那满是蛛网和尘土的牲口房里，挑了些废弃不用的农具，付给他觉得很意外的价钱，用电三轮拉走了。他问起自家的碌碡，苏队长笑着说，在文化广场呢，放心不下可以过来看看，那边人多，你也可以散散心。

这天天气暖和，阳光明媚，祁富元老人来到村部，看到灰瓦白墙的新村部高大气派，文化广场上有新的篮球杆，地上好像铺了绿色的地毯。有不少他没有见过的东西，有中老年人在上面扭动或摇摆，并喊他来锻炼锻炼，祁富元老人应着声，但没有去。他的目光向四处巡睃，在广场边的文化长廊，他看到了自家的那只碌碡，便走了过去。

到了近前，他仔细地打量了好一会儿，确认了正是自家的那只碌碡，显然碌碡被洗刷过了，截面的水锈不见了，显得比原来精神了许多。两侧脐窝上的铸铁套件还是原样，锈得黑乎乎的。那些年，铸铁脐窝总是被磨得特别光亮。

他还看到有好些石磨盘被立在砖做成的底座上，像一面面圆圆的镜子。他突然感到有些好笑，他想起青年时白天参加生产队的劳动，晚上抱着磨杆推磨的情形，至今他们把在自动化磨面机上磨面叫推磨。好些和他打过半辈子交道的东西被挂在廊下的墙上，他觉得这些东西熬出头了，神一样被敬了起来。他突然想起那些和他朝夕相处过的牲口。包产到户分的那头驴，干活儿拼命不惜力气，伏天拉碌碡碾麦子时，伸手去摸全是汗，眼窝里也有泪水溢出。那驴在山上耕地时怕崖边，总是往里面挤，因此地边往往耕不到位。每次从沟里耕完地上了塬，它都会嘶鸣一会儿，好像在庆祝凯旋。他还想起自家养过的一头牛，耕地时不好好走，打几鞭子还会要赖卧犁沟里不起来，后来被卖掉了。

看着这些和自己打了多半生交道的物品被放在这里展览，他深切地怀念起使用过这些东西的牲畜来。

祁富元老人看到广场外的地里白茫茫一片，仔细一看，是数也数不清的栽在地里的水泥椽。由于数量特别多，从远处看去密密麻麻，像密集的小树林。

这时，他听到有人叫老祁，转头去看，是苏队长。苏队长说，我在办公室，隔着窗玻璃看到你在广场，想你能来也不容易，于是我安顿下手头的事出来一看，却发现你已经不在了。我知道你老了，身体不好，也不常来村部，今天既然来了，我就给你介绍介绍。

苏队长说，咱们村和临村的一部分地，今年夏收后集中连片流转了，国内一个大型农业企业栽种矮化苹果树，人家已经做完前期工作，如今树也栽上了。这些祁富元老人听说过，他还听说苹果是外国的品种，品质特别好，每斤能卖到二十几元。咱们这里的农民可以就近打工，下班后回到家里吃住，跟在单位上班一样。

苏队长说，广场南面文化墙旁边的走廊和小花园的走廊，全部由混凝土硬化改为小瓦竖铺。还有陈列的那些农具，你也看到了，我们要在这里全面展示先民们的农耕文明。具体来说，就是要办个农村博物馆，把农户家里以前用过的东西陈列起来，让后辈们去参观。

苏队长还说，老村部原计划拆掉，现在不拆了，准备办厂子，把闲散劳动力组织起来，把自产的东西包装后卖出去。前期的准备工作做得差不多了，过段时间你儿子就回来了，让你儿子当厂长，带领大家共同致富。祁富元老人听得一惊，也不知道说什么好。分别时，只听得苏队长说，你儿子在外面总牵挂你，常打电话让我们多去看看你，这次他准备回乡发展，也照顾好你的晚年生活。

祁富元老人不想拖累儿子，但是元旦过后不久，儿子回来了。儿子每天上下班开着面包车，夜里虽然回来得晚，但老人知道儿子在村上的厂里忙活，他感到踏实了许多。儿媳暂时在县上租了房子，供孩子上学。儿子买了大炭，生了火炉，屋里暖和了许多，并坚持要和他睡一个炕上。于是每天晚上他都早早烧了炕，坐在热炕上等儿子。有时回来得早，还会和他聊聊。渐渐地，他明白了儿子的想法。

一天中午饭后，儿子吃了父亲在凉水里暖的两个柿子，说天气好，要用车载老人去村部看看。于是，他第一次看到了儿子工厂里的产品。

新村部有一间叫“电商”的房子，里面摆放的产品种类很多，黄豆、绿豆、红豆等各种豆子用小袋包装起来，每袋大概一斤。还有小米、玉米糁子、荞面、小麦面粉等，分别包装成五斤或十斤的小袋，这些袋子上都印着相似的图案。还有小包装的黄花菜、核桃等本地特产，甚至，他们还卖食用油。儿子指着一桶油对他说，这是紫苏油，紫苏就是咱们说的稔，那油炒的菜很香的，我们每斤卖到二十五块钱。

祁富元老人说，但那油不耐用，烧熟就少了。几个人听到他这话，都笑了。

在村部里，他听到苏队长和几个人在商量着，他们除了要把村里人自产的东西卖掉，还要在山沟里栽上不同的树，发展乡村旅游业。这山栽桃树，那山栽杏树，另一座山栽洋槐……并且把某处保存较好的旧窑洞利用起来，恢复土炕、灶台、石磨、牛圈等，摆上以前的生产生活用具，让来的城里人和子孙后代了解过去的生活。甚至，还听见苏队长大声地说，农村和农业的最终出路是农场化和工厂化。

第二年开春，人们在新村部的广场上不时会见到祁富元老人。他坐在广场边的固定椅子上，望着来往的人们，儿子下班后，父子俩开车回家。广场上没有人的时候，他会看着不远处自家的碌碡，那目光里充满柔情，如同看着自己的儿子。

梦幻及其他

一

我已经记不清这件事的具体时间了，也许在20世纪80年代，也许在90年代，如今的我已无法准确地说清楚。也许这件事是真实存在的，也许它是我的梦境之一。天长日久，我终于有些恍惚，竟然不知道这件事的真伪。但是，在一些夜晚，尤其在夜深人静的时候，我似睡非睡，似梦非梦之时，就会想起这件事，它在我脑海中盘桓，让我久久不能平静，也让我耿耿于怀，到后来似乎有些寝食难安了。今天，我把它讲出来，了结缱绻，与之决绝。

我叫唐柯。当然，这是我为自己成功之后起的名字，在这之前，我已经做好了成功的准备，或者说我有一种强烈的想成功的愿望。我出生在一个叫中山的地方，是个农村，贫瘠落后荒凉闭塞，这里的人务农为生，每天早出晚归，过着春种秋收的生活，和几百年前或一千年前先祖们的生活没有二致。但到了我的少年时期，这里的孩子们都有了上学的习惯，我也不例外。在同伴们陆陆续续从学校回家，子承父业执起鞭子赶牛耕地的时候，我还在苦苦用功学习。和我一样坚持到最后且年纪相仿的一名同学叫贺思科，我们关系不错。到后来，我们也不得已回到家里。一句话，想通过读书考试谋得一份体面工作的愿望落空了。但我们不甘示弱，因为理想高远，都喜欢上了一个叫文学的东西。我们很有共同语言，每当我灵感一闪，写出一句好诗的时候，便去找贺思科，和他分享。在他家那个窑洞里大声朗读，窑洞后面拴着的黑色叫驴不时地打着响鼻，偶尔还引颈高歌，和我们共鸣。天气暖和的时候，我俩也会坐在树荫下谈天说地，抒发豪情壮志，描绘辉煌未来。贺思科也经常来找我，他也写诗，偶尔还写小说。我们互相交流的日子有一年多吧，后来我去找他的时候，他爹说人不在，出去打工了。说真的，我对他有些生气，既然你要走了，为什么不告诉我一声，我可以给你送别。古人说：海内存知己，天涯若比邻。

从此我一个人在文学上单打独斗，整日把自己关在房间里，或挥笔疾书，或苦思冥想。总之，我在为文学这崇高的事业而奋斗。我知道有朝一日，我会成为普希金那样的大诗人。许多次，父亲在房门外痛骂，他那浑厚的男高音从破旧的门板缝中钻进来，充溢在整个房间，灌满我的两个耳孔。我不得已将耳朵眼用被角破洞里的烂棉花塞起来。我看到蜘蛛在房顶张牙舞爪，向我窃笑。我看见屋角地洞里的老鼠鬼鬼祟祟，向我挤眉弄眼。只有地上的虫子们行色匆匆，旁若无人。我知道，父亲叫骂的时候，都是地里庄稼成熟了的时候，他们也许觉得我这样一个好劳力待在房里是一种资源浪费。父亲的脾气并不大，这一点我是清楚的。在农活儿不太忙的季节，吃过晚饭，父亲还会叫住拔脚欲走的我，问我在干些什么大事。我往往会对他说，我这事儿你不懂，你就等着享福吧。这会儿，父亲的脸上有疑虑闪过。记得有一天吃下午饭时，父亲问我，孔乙已是多大的官？我反问他，你问这个干什么？父亲说，咱庄里人都说你以后会成为孔乙已。我问是谁说的，父亲说，都说了半年了，也不知道是谁说的。我想骂人，但最终忍住没有骂。我知道父亲对我很好，他是被别人要了，他是无辜的。

我的事以后说吧，今天说一说贺思科。他后来没有再写诗，也没有去写小说，他居然发财了，据说资产多得无法计算。关于他是怎么发财的，我很好奇，用了很多时间去了解，这其中的原因，除了羡慕忌妒恨之外，还有一个，就是我已经开始写小说了，我对他的故事产生了兴趣。到后来，我终于搞清楚他的发家途径。说真的，有些传奇，但在这个世界上，什么事不会发生呢？只有想不到，没有做不到。所以，我还是相信了。

二

贺思科喜欢小说，决心在小说创作上搞出点儿成绩。从上学时就大量阅读文学名著，他把大把的时间花在了读小说上。那一时期的重要刊物，他都找来阅读。因而，崭露头角的新秀或久负盛名的大作家，他都能如数家珍。最让他激动或向往的是一大批作家通过写作，得到了出版社总编辑或作协书记处书记的职务，这更让他痴迷文学。他幻想着有朝一日也能身居高位，因而读书写作更加用功。他父亲完全不能接受他的生活习惯，家里居住条件有限，他整夜点灯看书或在草纸上划拉，甚至坐立不安、搔首跺脚，他父亲开始怀疑他的精神是否正常。但有一点深信不疑：长此以往，即使他现在正常，以后也会不正常了。于是，他父亲便催促他出门打工。他父亲对别人说，如果出了门，每年即使不挣钱，省下400斤麦子，卖了的钱也可以算作挣下的。

于是，贺思科背起又破又旧的铺盖卷，出门闯荡。和铺盖卷连在一起的是一个旧帆布包，里面装着几本书。几年间，他在工地上干过，也在餐馆里干过，反正，没有挣到多少钱。每年春节前回家，村里的人看到他，就会议论纷纷：看，那个怪物回来了。贺思科衣衫褴褛，头发很长，胡子杂乱，一副落魄相。有人见到他便会高声叫喊：作家，今年挣了几万元？又写了什么作品？贺思科便低着头，快速离开。之后，有同村的人回来说，见到贺思科了，他成了一个混混，整天闲游闲逛，无事可干，往往是三天打渔两天晒网，帮这个老板看几天摊子，帮那个货车司机跑几天运输，不是嫌活儿累，就是嫌时间长，后来，几乎成了一个要饭的。父母觉得他年龄大了，托人给他介绍对象，许多人家一听是他，都嗤之以鼻。最后终于说成了一个条件不好的姑娘。要订婚了，那姑娘居然临时变卦不同意了。村上人一片愕然，觉得贺思科这小伙儿彻底没希望了。

贺思科在乌有市闲逛的时候，已经身无分文，基本靠乞讨度日。有时候给饭店在后堂洗会儿碗，混得一碗饭吃，吃饱之后就闲游闲逛去了。冬天感冒了一次，身体大不如前，好在还年轻，没有倒下去。他的住处经常换来换去，不是烂窑洞，就是大桥下，或者是涵洞，或者是烂尾楼。但是，他基本是书不离手。

贺思科成了乌有市一张靓丽的文化名片，在街头的楼房台阶上，在文化广场的阅报栏前，人们常常会见到一个满身肮脏、须发凌乱的青年流浪汉，在聚精会神地阅读书刊。更引人注目的是他时而高声诵读、抑扬顿挫，时而手舞足蹈、欣喜若狂。后来有人明白，那是这个流浪汉读到了精彩之处，对所阅读的文章产生了强烈共鸣。曾经，市里有关部门评选学习之星，甫一公示就有好事者大声抗议，觉得评选结果不够准确，他们说，最名副其实的学习之星是这个流浪汉。

贺思科不仅是公众眼里的奇人、怪人，更是文化圈子里的谈资笑料。贺思科的逸闻趣事不外乎是拿自己的稿子找乌有市的报刊编辑，找文化圈名人，进行自我推介和宣传。他落魄的外表让人对他不屑一顾，他对自己未来在文学上的辉煌预测让听者脸红，他对自己随手写在纸片上的文章信心十足。他经常对编辑口吐莲花，把自己的文章和史上最好的文章进行比较赏析。《岳阳楼记》《陈情表》《祭十二郎文》等文章他出口成诵，而且舞之蹈之，口若悬河，滔滔不绝。在每一个文人雅士的房间，他的结局都是一样的：被赶了出来，之后成为饭局上的笑谈。

最让人觉得不可思议的，是贺思科居然徒步二百多公里，背着大袋的书和自己写的稿子，去西北某省向著名的作家请教。进不得大门，他就蹲守。贺思科锲而不舍的精神感动了那位作家，他终于见到了那位作家。当然，这一切都是他自己对别人讲的，否则，别人也不会知道。

据说，作家听了他的自我介绍，看到他满面汗渍油腻，把他领到自己房里，让他洗了把脸。之后，贺思科掏出一摞一摞的稿子，折页、卷角、肮脏、陈旧，这一切都不足以对他的作品外观进行描述，而且里面各种文体都有。

作家略显认真地把他一沓小说稿子最上面的几页翻看了之后说，你挑选两篇一两万字的，留下来我得空仔细看，如果好，我会推荐发表的。其余的你带走吧！你的稿子这么多，要让我全部看完，显然是不可能的。贺思科背着蛇皮袋告别作家的时候，作家说，过上正常人的日子最要紧。

拜访著名作家，成了贺思科向别人谈论自己辉煌人生经历的有力佐证。尽管内容有许多版本，细节不尽相同，但这一经历足以让他自信和自豪。可是有人却说，那位作家素质高、人品好，如果换成别人，恐怕是不会见他的。

三

有一天，乌有市突然热闹了起来，被喷绘广告包裹的宣传车队架着大喇叭，在城市的每一个大街小巷穿过，大喇叭高声广播着好消息。原来是某证券公司公开发行彩票，这种即开型彩票可以中大奖。据宣传，奖金高达几百万元之巨。彩票开售的时候，还会有精彩的文艺演出助兴。宣传的车队一遍又一遍地穿过城市的大街小巷，人们谈论着消息，脸上洋溢着兴奋的表情，似乎马上就要发大财了，按捺不住内心的激动。

开奖这天，乌有市张灯结彩，街头的大喇叭播放着欢快的歌曲，许多人把过年时的新衣服穿了出来，喜气洋洋地到街上去。

有些人还扬一下手中或多或少的钞票，仿佛怕别人不相信似的。

彩票发售现场设在乌有市的中心广场。这是个新建的广场，每天下午，市民们来这里跳舞健身，或打打扇毛球之类，很是热闹。

阵仗很大，人山人海的样子。工作人员全部穿着蓝西服，白衬衣，打着红领带。有人手里拿着麦克风，站在新搭的一人高的台子上讲话。通过介绍，人们知道这是某福利彩票中心的工作人员。人们听说中奖率达到百分之七八十之多。乌有市体彩中心还没有成立，有几个单位那几天没有什么大事，工作人员被借调过去，帮助北京来的同志搞销售。

许多人挤向前台，手里举着现金，买到数张彩票之后，向外面挤去，要享受刮出大奖的心花怒放。有人刮到了三等奖，自行车之类，欣喜若狂。

人群中，有个人蓬头垢面，衣着破烂，他是贺思科。当然，他并不是来买彩票的，用后来的说法，他消费不起，他是来看热闹的。在这个城市，他不折不扣地成了一个底层小人物，已经到了去要饭的那一步。当然，他还有点儿收入，去垃圾箱或垃圾堆里，翻腾翻腾，捣腾出些破烂，卖些现钱，买顿饭吃。平日里，他已经在街头露宿了。

和后来的福彩一样，中奖的总是少数。许多人刮开之后，看到仅有“谢谢”二字，就把彩票扔了，或再去买，或转身离开，或在远处观望。

贺思科猫着腰，两只手低垂着，样子猥琐滑稽，在人群里挤来挤去，许多人看到他过来了，会主动让开，他竟然也畅通无阻。

贺思科在乌有市的人群里犹如丧家之犬的时候，我正在写诗。我的诗不断地投向远方，但住往杳无音讯，让我沮丧，让我恼怒，但我没有灰心。

我感到自惭形秽，我感到江郎才尽，甚至有些无地自容，我白白被乡亲们叫了二十多年诗人。我从此不再写诗，专门写小说。其实，我写小说很久了，也写过“我爷爷”“我爸爸”“我姑姑”之类，并且把他们骂了个遍。虽然牺牲了“小我”，但在“大我”上并没有成功，只在几份县级内刊上发过几篇，且反响平平。有人说，县里出来了一个模仿高手。

四

贺思科的发迹，是从他的一帮穷朋友开始的。

贺思科看到，他的那帮穷朋友在人群中挤来挤去，并且弯腰在人们脚下捡取什么。他凑上前一看，是在捡拾别人丢掉的彩票。这些彩票全是“谢谢”二字，等同废纸，没有任何价值。购买者刮开之后，随手丢掉，被那些人捡去了。

贺思科问，你们捡这有什么用？那人说，花花绿绿的，真好看，捡着玩儿呗。

贺思科不由看得眼热，于是，他也加入捡彩票的行列中。有打扫卫生的老头，穿着工作服，推着垃圾车，拿着扫帚，正欲随时清扫现场纸屑，看到贺思科他们捡得起劲，便说，好好捡，这些都是钱，用钱买的，捡回去仔细看看，没准里面还藏着大奖呢。

几个人嘻嘻哈哈，但贺思科并不理会，他知道那人的真实意图，哪有什么大奖？谁会把大奖丢掉？

下午回到城外的一个旧窑洞里，贺思科发现，那个叫臭蛋的要饭的，已在身下的烂被子下面垫了厚厚一层。原来那人觉得挨地睡着身上发冷，便把这些碎纸屑垫在身下。他曾拿到收废品的那里去，企图换几角钱，但废品站那人嫌太小，不愿意要，他只得拿回来，丢了可惜，便垫在身下取暖。非常膨松，暄暄的，像席梦思床垫一样。

贺思科得到启发，也去为自己捡。他手脚灵活，身体健康，于是捡了很多，比别的要饭的要多。有些废彩票被人踏在脚下，踩扁了，踩脏了，粘在地上。这些没人要的脏彩票，下午被环卫工人扫到一起，来到一个个垃圾箱，和那些烂菜根、脏卫生纸之类为伍。

正当他们捡得起劲儿，卖彩票的却突然走了，如同在乌有市刮了一个旋风，突兀间就不见了踪迹，就连那舞台也在第二天拆除掉了。贺思科发现，那些拆舞台的，全是市里的人。因为，在许多个商业演出的场合，贺思科和他的那帮朋友总是先到的。他们无所事事，每天要些残羹剩饭安顿肚子之后，便是哪里热闹往哪凑。他和这帮搭台演唱的，虽然互不理睬，不打招呼，但却混了个脸熟，彼此认得对方。

繁华之后总是冷寂。贺思科有些怅然若失，他在原地久久不愿离去，直到那些人将舞台拆卸完毕，装上车拉走，现场烟消云散，贺思科才无限惆怅无限依恋地离开。他弯腰捡起三个还没有燃尽的烟屁股，划根火柴点上，用指尖捏住一角，噘起嘴快速地吸了两口。他的手指已被烫着，赶紧扔掉了。这些动作连贯自然，几乎是一气呵成。歇了一会儿，他斜靠在街边的一棵槐树上，开始吸第二个烟屁股。

五

第二天或第三天吧，这个并不重要，贺思科依旧来到昔日发售彩票的地方，他留恋前几天那种热闹哄哄的场面，他的思维还持续在惯性中，像一辆高速奔驰的汽车，短时间内还难以停止下来。

但是机会却突然来了。

他看到有好些人围住那个垃圾箱，在里面寻找什么东西，人头攒动。有人还骂骂咧咧，是争抢的样子。也有人陆续加入这个庞大的队伍中，场面越来越宏大。这一切，让贺思科想起小时候家里小猪抢食的场景。

贺思科凑上前去，问这些爬在污浊肮脏垃圾上的体面人。这些人衣着光鲜、皮鞋锃亮，却都在垃圾里面扒拉着，翻寻着。

你们在干什么？你们在干什么？贺思科不由自主地问。

没有人理他，他们都很忙碌。

你们在干什么？贺思科来到垃圾箱另一边，问一个面目慈祥的老者。

在找彩票。那人头也不回，随口回答他。

找那个干什么？贺思科忍不住又问。

卖彩票的那伙是骗子，骗子你懂吗？怪不得没有大奖，原来是他们自己做的，为了多挣钱呗。老人说着退出被围成蜂巢一样的垃圾箱。一张也没找到，只得了两只脏手，有人很生气地离开。

你找那个干什么？贺思科觉得还是没有听明白，但他感到更好奇了。

那伙人被抓住了，赃款收回来了，现在市民政局设立了一个专门机构，凭购买的那些废旧彩票退回现金！老人淡淡地说。

那些天脚下踏的全是彩票，这会儿要用了，值钱了，却是一张也找不到了。

如果谁全捡了，这会拿到民政局兑成现金，该一下子成了百万元户了吧？把个万元户算什么事！那人说着看到旁边的贺思科，定定地看他一会儿，说，哎，记得前几天有人捡彩票，那人很像你，不会是你吧？

贺思科赶紧说，怎么会呢？我刚来市里。说完，他趁别人不注意，赶紧离开这里。他想，得赶紧回去，把那些彩票找个地方藏起来，万一让臭蛋知道了，他会拿去兑换现金的。再说，如果让别人发现，也会被抢去的。那一堆废纸，如今不是什么废纸了，如今成了花花绿绿的钞票了。贺思科跌跌撞撞，连忙向城外赶去，他要赶到自己和臭蛋栖身的破窑洞，去拥抱那堆花花绿绿的钞票。如今，他最缺的现钞马上就会不缺了，他会成为乌有市最有钱的人。

回到烂窑，一切如旧，臭蛋并不在“家”。他把自己的烂衣服抖开，铺在地上，把那些花花绿绿皱皱巴巴的宝贝抓起来，放在烂衣服里，裹起来，一个都不剩下。有些已经脏烂不堪，但没有关系，到时候再说。

自己“床”上的包裹完了，他看到同住的臭蛋“床下”还有不少，甚至比自己的还多。他便把以前穿过的烂裤子裤脚扎起来，往裤裆和裤腿中填这些“宝贝”。他把这两包“宝贝”一件扛着，一件提着，向以前住过的一处烂房子走去。他要先把这些东西藏起来，再陆陆续续拿到民政局去兑换，否则，太惹眼了。而且，他一下子感到自己的衣着破烂而寒酸了。这样子，这气派，完全不像个有钱人。但谁规定只能有钱人买彩票了？

如果属实，他先把这一小部分兑成现金，之后买些衣服，饱餐一顿，什么好吃吃什么。再之后，把这些彩票全部兑换了，到那时，他会变成一个超级大富豪。

贺思科设想着未来的好日子，走出破烂的房子，一路直奔乌有市。来到市民政局，他看到大门口有一张告示，走上前仔细一看，确是人们传说的那样，卖彩票的是个骗子团伙，专门到偏僻小县城去行骗，而且屡屡得手，终于被捉拿归案。所幸的是赃款还没有来得及花掉，甚至连账也没有来得及清算，正在宾馆里休息，就被逮个正着。

贺思科正在门口张望，出来了一个工作人员，问，你在这干什么？贺思科有些张口结舌，终于说，兑奖吗？我有奖票。

工作人员有点儿迷糊。看衣着，不像个买彩票的人，甚至像个没有解决温饱的要饭的。但人不可貌相，海水不可斗量，说不定这个衣着破烂的人是个深藏不露的大富翁。再说，彩票出售不记名不挂失，退赔也执行这一标准。

来，在这里。工作人员对贺思科一招手，来到一个办公室，里面有人对贺思科说，那伙万恶的骗子终于被抓住了，将被绳之以法。看得出来，你因为买彩票被骗得倾家荡产。同志，过来坐下，把你的彩票拿出来，我们替你清点一下，一分不少地把钱退给你。

贺思科有点儿受宠若惊的感觉。这些年，这样对他说话的人太少了，几乎没有。今天，这位有点领导模样的人竟如此客气，如此体贴，怎能不让人激动？这人明显比外面那人觉悟高，明显像个领导。贺思科一激动，差点告诉真相：这些彩票是我捡来的，我如今穷得连吃饭的钱都没有，哪来钱买彩票。

那人看到贺思科头上冒汗，嘴唇哆嗦，很关心地对他说，不要激动，有多少全部拿来，我们全部替你兑换现金。如果有朋友或亲戚的，也可以捎来，我们也能兑换。

贺思科不知道说什么好，他颤抖着掏出彩票，放在桌子上说，我没有注意保存，有些脏，也有些破损。一边说一边看那些工作人员的脸色。从内心深处来说，他生怕那些人不为他兑换现金，或挑三拣四的。因为他的彩票除了肮脏之外，有些还有破损。

那些人把他脏兮兮的破烂儿放在又明又亮的桌子上，里面还夹杂着柴火和烂纸屑、小土粒之类。他们拿起粗粗一看，像银行里的工作人员挑拣残损人民币，比那些人挑得还粗心。只要有整张的百分之六七十，便放在一旁，这样挑拣的速度很快，之后再把这些计数。很快，他们算出贺思科这次一共兑换两千六百七十二元整。

贺思科的心怦怦直跳，他看着这些人把脏彩票装进箱子，打开保险柜，取出一叠钱，数过了之后，加上零的，递过来说，你在这张表上签个字。贺思科把钱放在桌子上，拿起笔在工作人员指定的位置龙飞凤舞地写上自己的名字。一个年轻姑娘说，这字写得真好，漂亮极了！

贺思科的心情开始恢复平静。写字是他的强项，尤其签名，他曾经练习过，但这几年，他写得很少，基本用不到他签名。今天的签名，和到手的那两千多元现金，让他找回了自信，也恢复了他曾经的踌躇满志。他拿起桌上那叠开始属于自己的现金，一边说再见，一边转身往外走。他本来想跟那些人握个手，但想到已经有好几天没有洗手和脸了，而是手掌手背全部像炭一样黑。

贺思科一边想着，一边下意识地把这些钱装进身上的破口袋里，还用一只手捂着，仿佛那叠钱会像小鸟或知了一样飞走。出了民政局的大门，站在街道上，他四处张望，不知道该去哪里。踟蹰再三，觉得当务之急是买几身像样的衣服，把自己包装一下，这身叫花子衣服，别人看到会恶心的。就在刚才，他看到一个年轻漂亮的姑娘从前面走过，他目不转睛地看了一会儿，被她发现了，用那双美丽的眼睛狠狠地剜了他一下。他觉得这会儿最要紧的是找个地方好好地洗洗，把身上的叫花子气洗掉，然后再出去买几身好衣服，好好打扮一下，得像个有钱人，像个富豪一样。

贺思科主意一定，转身毅然来到一个宾馆前，抬头望去，这个宾馆叫天鹅宾馆，看着很是豪华大气，简直有些富丽堂皇。他向大厅走去，在一个高台子后面，有三个漂亮姑娘面带微笑，似乎在为一位客人办理退房手续。他发现那人脚下有一个漂亮的拉杆箱，他不知道该咋办，咋对服务员说，只是在这个宽敞的大厅里四处张望着。他看到那人办完手续，转身离开的瞬间，服务员笑盈盈地说，先生慢走、欢迎下次光临！这一切给了贺思科很大的勇气，他向那几个姑娘走去，他看到那几个姑娘脸色变了，笑容没有了，脸上似乎有些紧张。有一个甚至拿一个黑块状的东西说，李师傅你在哪里？你过来一下。贺思科知道，她已经在喊人了。

你要干什么？一个姑娘问。她的声音有些颤抖，甚至有些结巴。不错，正是刚才说了先生慢走、欢迎下次光临的那个，他感觉到那女的脸色也变了。

我要住宿，我要能洗澡的房子。贺思科看到一个穿保安服的人向他走来，他赶紧把自己来此的想法说了出来。他知道，否则会造成误会的。

你要住宿？他听到好几个声音在同时问他，仿佛大合唱一样整齐划一。同时，他看到几张因惊愕而变形的脸庞，他看到那个保安的眼睛睁得大大的，脸上比刚来时友善多了。

对，我要住宿！他感到自己有些理直气壮。我要能洗澡的房子，他补充说。

我们这里的房子都能洗澡，但是很贵，没有几元钱的。有一个姑娘对他说。

多少钱一间？贺思科问。

从八九十元到二百多元都有。有标间、三人间、套房、大床房等等。那姑娘说得一本正经，旁边几个人都微笑着，仿佛在看一场猫抓老鼠的游戏，仿佛等着看笑话似的，有一个姑娘脸上已经露出了鄙视和嫌弃。

贺思科心里有底了，他看得出别人复杂的表情，他不再说话，斜下身子，从腰间掏出一大沓钱来，全部放在那个台子上。后来，他知道那个台子叫吧台。两千多元，一大沓呢，面额最大的是十元钞票。这会儿，他觉得浑身遍布没有过的自信，连脚丫也在烂鞋里面蠢蠢欲动。

开一间！他底气十足地说。

登记好房子，贺思科被领到房间里。走在美丽的服务员旁边，他自感犹如落汤鸡跟着白天鹅，相形见绌，甚至有些自惭形秽。

进了房间，贺思科关上房门，他看到这个房子里面有一张床单洁白的大床，有桌子、茶几、电视、沙发之类。还有一个小房子，里面有个洗脸的面盆，还有像莲蓬头一样的东西，他一扳下面那个部件，上面立即有水流了出来，淋了他一头，吓得他赶紧跳开了。来到外面，他拉上窗帘，脱掉身上又脏又旧的衣服，准备洗澡。这会儿，有人敲门，“咚咚咚”“咚咚咚”。

谁？贺思科问。

服务员。外面有女的在说。

贺思科说着，赶紧穿上衣服，开了门，外面闪进来两个身着警服的人，贺思科不由得哆嗦了一下。

你叫什么？警察问他，是哪里人？在乌有市干什么？哪来那么多钱？没有干什么规法乱纪的事吧？

贺思科有点儿哆嗦，但还是如实说起自己是乌有市中山村人，来市里打工，买了彩票。到这时，连说都不用了，一个警察笑起来，把现金全部买了彩票？才落到这般光景？如今又把钱兑换回来了？兄弟，虽然失而复得，但要懂得细水长流。说完和同伴对视了一下，两人转身走了。

服务员缩在警察身后，听完整个过程，这会也要离开，贺思科不知哪来的巨大勇气，喊道，服务员！

服务员过来了，问，先生，您有什么事吗？

贺思科说，这些东西怎么用，你挨个给我演示一遍。

这会儿，贺思科一点儿也不自卑了。他不违法、不犯罪，连警察他也不怕，这个小小的服务员，更不在话下。

服务员态度很好，她大概也看出贺思科这个土包子头一次住这样的宾馆，便逐个演示了一遍，说，还有什么事吗？贺思科说没有了，服务员说声再见，转身走了，还不忘关上房门。

洗了澡，出了卫生间，他提着自己的脏衣服看了看，觉得实在穿不到身上去。怎么办？洗了？但短时间湿漉漉的，没法穿。或穿着出去买新的？但太难看了。

考虑再三，他决定到成衣店里去，买一套衣服换上。于是，他无奈地穿上脏衣服，满是很厌恶的心情。

来到街道，找到一家成衣店，刚进店，服务员就上前问他，你要什么？要西装还是中山装？贺思科稍一思索，说，要西装。

不一会儿，服务员已经为他推荐了一套藏蓝色毛料西装，贺思科比较满意，又选了一件衬衫，之后，赤脚试了皮鞋，服务员为他拿了双袜子，说，一共五百六十元，袜子不要钱，送你算了。

贺思科在试衣间里穿好新衣新鞋，把旧衣兜里的钱掏出来，来到收银台前付了款，刚要出门，那女的说，把你的旧衣服带走吧。贺思科一点儿也不想再去碰那堆又脏又破的旧衣裤，仿佛蝉不愿缩回褪掉的蝉衣里去。他说，你们扔掉算了。那女的说，你还是拿回家吧，也许还用得着。其实，那女人也不愿去碰那堆破烂，怕脏了自己的手。贺思科拿着女人给他的服装袋，回到试衣间，把那堆破烂卷起来，塞进包里，出门不远有个垃圾桶，他扬手就扔了过去。去吧，那些破烂的东西。

站在街头，贺思科精神抖擞。他在想还需要添置什么，他感到肚子有点儿饿，得先吃些饭，填饱肚子再说。马路对面就是一个小饭店，以前他曾在这里要过饭，要到一小碗底米饭。对，今天就吃米饭。

进了饭馆，老板迎上来说，这位先生，你吃什么饭？并递上塑封的简易菜单，贺思科挑了一份最贵的西红柿牛腩米饭，外加一份回锅肉，一盆肉羹汤。这一餐，是他这些年吃得最好的一顿饭。

吃得饱饱的出了饭店，贺思科这回要干什么目标明确，他需要一个拉杆箱，像今天在宾馆见到的那个一样。这回，他的那些彩票，得体体面面用拉杆箱拉着，去兑换成花花绿绿的现金，再用拉杆箱拉回去。

寻找拉杆箱颇费了一番力气。在街道，他见到商店就进去问，人家都说没有。有人告诉他，在杂货店里有。他找了好几个杂货店，里面也没有，又有人告诉他，得到箱包专卖店里去找。后来，他好不容易找到一个箱包专卖店，便赶紧买了一个质量最好、价格最高的。

贺思科提着拉杆箱，来到藏匿彩票的山上，从柴火中翻出那两包彩票，又脏又污秽的陈年柴火上全是灰尘，弄脏了他的手和衣服。那些彩票居然塞满了一个中号箱子，甚至有装不了的危险呢。箱子像吃得太饱的蛤蟆，鼓鼓囊囊，差点儿爆裂。

回到宾馆，贺思科觉得一次性拿去，会让民政局的工作人员起疑心的。再说，这些彩票除了脏，还有许多杂质，柴火、纸屑、小土粒之类，他得挑拣一遍，取掉杂质。没有绳子，如果有，他应当一百张扎一个小捆，会让民政局的工作人员少许多麻烦，这样，他也会更快地离开那里，防止政策有变化。

贺思科用了小半天时间，挑出近一箱彩票，去民政局兑换成一捆一捆的现金，用拉杆箱拉回宾馆，他觉得一下子成了特别有钱的人，因为今天他兑换回来了二十多万元，装满了整整一箱。

第二天，他把剩下的彩票拿到民政局，又兑回了十多万元。

第一次兑奖之后，贺思科找到曾经栖身的烂窑洞，这里曾经是他温暖的港湾，如今在他看来，这里是好狗都不愿来的地方。落满尘土的地上放着他们捡来的烂纸箱、破衣服，以及他成摞的书籍、写满作品的不同大小和质地的纸。他有一段时间就在这里栖身，如今，他想都不敢想。

他今天到这里来，并不是为了给臭蛋送点儿钱，接济一下这个曾经的穷伙伴，而是来这里看一下，上次掠走彩票时，有没有遗失，因为每一张纸片，都是一张钞票。

自己的铺位几乎没有什么东西了，也就一目了然。他把臭蛋的烂被褥提起来，抖了抖，果然，从中抖出几张彩票。在角落的破烂中，他还发现了十多张，他想，确是不虚此行。

正在他把十多张彩票装进口袋里时，回转身，发现有个衣着破破烂烂的人非常猥琐地在向这边张望，仔细一看，正是昔日的同伴、烂窑洞的占有者臭蛋。

贺思科看到主人来了，便想着离开，他觉得，如果臭蛋认为是他偷走了彩票，嚷嚷起来，绝对不是什么好事。于是，他低头弯腰，快速走掉了。

六

发财之后的贺思科，也有许多故事，据说他先是在乌有市以北十多公里处买了一块地皮，旁边有一个臭水湖。估计当时谁都不知道他花钱买那地皮干什么，那地方荒凉偏僻，臭气熏天。他又跟人去干建筑，他突然变了个人似的，又是如饥似渴地学习又是施工现场虚心请教，几年下来居然干得不错。十年后，他买地皮的那地方，被乌有市规划成湿地公园。公园的建设，他的公司也中了部分标，他稳稳赚了一大把。不用说，从那以后，他的黄金时代真正到来，他不必再绞尽脑汁地考虑如何赚钱，赚钱就是板上钉钉的事，是分分钟往来流淌的事，他需要考虑的是怎么把自己的公司做大做强，成为乌有市赫赫有名的企业家。

这些都不足为奇，和许多发了财的富豪一样，贺思科也有更多的传奇故事，在坊间流传。但更有传奇性的是，贺思科因彩票发财掘到第一桶金之后，对待他的那些曾视为宝贝的书籍和稿子的态度突然大变。

那天，他来到曾经栖身的破窑洞，除了文稿，他从那些书籍中，挑出一些准备带走，把剩下的聚集到一起，付之一炬，整个烂窑洞火光冲天，纸灰乱飞。火光暗淡熄灭之后，窑洞里面一片狼藉，仿佛土匪离去后的洞穴。后来，他拿着挑选出来的书和文稿，向市内新租的房子走去。经过乌有市郊区蜿蜒流过的无名河时，他感到疲惫不堪，顿时对这些东西心生怨气。站在桥上，他从袋子里拿出曾经视若珍宝的书，撕成碎片，一片片扔进无名河。纸张像雪片一样，纷纷扬扬，飘落在河畔上、水面上。纸张在短时间难以下沉，竟逐流随波，仿佛一只只小船，向下游飘去。更有观赏性的是贺思科边撕书边大声背诵那些在他心中吟哦已久的诗句，蒹葭苍苍，白露为霜，所谓伊人，在水一方……这一切被路过的学生发现了，有人对贺思科说，叔叔，你把这么好的书撕了扔掉，太可惜了，给我们吧？我们喜欢看书，也喜欢写作。贺思科停止撕书，认真地看着学生说，看看可以，但不要学我，想当什么作家。这东西太难了，我写了十多年，也没有写出名堂。不要让这些东西把你们害了！

关于贺思科的一切，我全部是道听途说而来，我只知道他大发了，成了我们中山村的首富。那些年，我在努力写作，知道他的消息之后，我曾经嗤之以鼻。我那会儿觉得，也许过不了十年八年，我一定会飞向斯德哥尔摩，在那里，我会完成这一生的凌云之志，哼，他算什么！

但后来，我没有因为文学迈出乌有市，倒是贺思科，成了那个时期的传奇。那些年，他开着汽车，并且娶了漂亮的老婆，成了乌有市的致富典型。村里许多人在刚买回来的电视上曾看到过他，据说他成了开发房地产的大老板。

在我后来的梦境中，这故事还有另一个结局，贺思科并没有成为大老板，而是在疯狂兑换了彩票后被警察抓住了，他的行为被认定为非法，从此，我便再也没有梦见过他。

后 记

作为一个资深的文学爱好者，我一直热爱着文字，无怨无悔地热衷于文学。在与文字相伴的日子里，现实生活发生了巨大的变化，我熟悉的许多身强力壮者，或者已经苍老，或者离开了这个世界。曾经留存于记忆深处的小屁孩，再见到时，已近中年。而我自己，也处于中年和老年之间的尴尬之界。

三十多年来，我依然生活在生我养我的这个小镇，也依然在时断时续地读书、写作。因为，除此之外，我没有别的爱好和兴趣，也没有掌握其他的谋生手段。是的，我仅仅是个普通人，而且是个智商一般、情商很低的普通人。

我周围的人，大多和我一样，在为生活奔波，许多人的生活已经渐入佳境，悠然自得，也很满足。海阔凭鱼跃，天高任鸟飞。有些人一飞冲天，今非夕比；有些人凤凰落架，被打回原形。

我们每一个人都是生活的参与者，也是生活的观察者。是的，我们在看着别人的精彩，也在看着别人的无奈。同时，我们的一切，也在被别人指点、评说。

但是，无论什么人，强者也罢，弱者也罢，富贵者也罢，贫贱者也罢，最终，大多数人都败给了时间。大多数人的名声留传在少数人的讲述中，时间非常有限，不过数年，范围也特别有限，不上百人。少数人的名声不但流传在大多数人口口相传的讲述中，还留存在典籍中。

我曾经向往写出较好的作品，但却不能。曾经，我把这个希望寄托在将来，但随着年岁的增长，觉得有些事也许只能想想，当真去做，会相去甚远。也许只有读史，才能明白一些看来浅显的道理。除此之外，也许只有经历挫折，才能看淡一切。确实，只能是也许。

近些年，我用在读书上的时间更多，许多想法时隐时显，欲付诸实践，却感到力不从心。有时候想，读书本身就是最大的收获，还期望怎么样呢？

选入这本小说集中的七篇小说，是我近年创作的一部分。《崔老板》《乡村画家》分别发表于《飞天》杂志2019年第4期和2020年第5期；《思无邪》发表于《佛山文艺》2017年第6期；《过年》《乡村抒情诗》分别发表于《绿洲》双月刊2020年第1期和2022年第1期；《凤求凰》处处碰壁，在寻求认同者；《梦幻及其他》是我用荒诞手法进行的一次写作尝试。除此之外，还有几篇，并未收入这本集子。需要说明的是，这本集子中的大多数作品，被进行了删减，和刊载于期刊的内容有一定出入。

近年的写作，得到了市文联领导的关怀，也得到《飞天》和《绿洲》杂志编辑老师的厚爱，在此致谢。同时，向关心我的朋友们致谢。

心存念想，是对抗时间的法宝。